MORIR EN NEW YORK

Afortunadamente los sucesos narrados en esta novela son muy poco probables, pero por desgracia absolutamente posibles. La humanidad tiene un altísimo potencial para la estupidez y la sinrazón.

LUIS WIGDORSKY VOGELSANG

ISBN 978-1-954345-88-1 (paperback)
ISBN 978-1-954345-90-4 (digital)

Rushmore Press LLC
1 800 460 9188
www.rushmorepress.com

Printed in the United States of America

Con cariño a mis padres, Víctor Wigdorsky y Marta Vogelsang, quienes me cuidan desde hace ya tantos años desde muy, muy arriba, más allá de las estrellas y del sol.

Cierta vez llegó a mí de parte de un desesperado el siguiente rezo:

*Mi amado Señor, sé que soy un pecador, pero tengo
el deseo de alejarme de mis pecados y rendir mi
vida a TI. Pido por tu perdón y clemencia para que
entres en mi corazón y dirijas mi vida y seas mi
SEÑOR y SALVADOR personal. Gracias por
salvarme. En el nombre de Jesús, Amén.*

Lo cierto es que no le creí. Imploraba por miedo, por desesperación,
me mentía para que le fuera bien en la mentira mundana.

YO, EL QUE SOY.

AGRADECIMIENTOS

Por sobre todo debo agradecer a Dios por haberme dado la capacidad de inventar historias y por haber hecho posible que esta novela haya sido publicada tanto en su versión española como su versión inglesa en los ESTADOS UNIDOS DE AMÉRICA.

Agradezco a mi esposa e hijos por su apoyo y su paciencia en escucharme tantas veces leerles mis manuscritos. Sin duda, la Sra, Eliana Amunátegui y los insuperables jóvenes Víctor Wigdorsky y Joshua Wigdorsky son personas de excepción. A tal madre, tales hijos.

También agradezco a mi hijo Luis Wigdorsky Castañón y su talentosa esposa, Jeanette Smith por estímulo y sus tan generosas y positivas opiniones sobre esta novela.

Mi reconocimiento también a mi ex esposa, María Inés Bravo Troncoso, por todo su constante apoyo a mis afanes artísticos desde antes y ahora.

Agradezco de corazón a mi entrañable y leal amiga de más de treinta años de inquebrantable amistad, Olga Ureta Carvajal, por su interés en leer y releer mi manuscrito y por sus oportunas y acertadas opiniones dignas de un espíritu sensible y noble.

Mi total adhesión y agradecimiento al Sr. Eric Garcia y a todo el magnífico equipo de Rushmore Press por confiar en mi novela y por el excelente trabajo de edición realizado con tanto profesionalismo, calidad, entusiasmo y entrega.

Vaya, por último, un singular agradecimiento a todos los personajes de esta novela por aceptar resignados y de buena gana los destinos que les tracé al escribir sus acciones, afanes, éxitos y fracasos, virtudes y lados oscuros, la supervivencia de algunos y la muerte de otros. Gracias, amigos entrañables, por no haberse rebelado contra su creador.

viii

*** CAPÍTULO 1 ***

Nos comenzamos a dar cuenta de que el viejo, el viejo Plaza de los Reyes, estaba loco cuando le oímos decir que lo único que quería en lo que le quedaba de vida, estaba sentenciado por un cáncer de colon, era ir a morirse a New York. Agregaba que no compraría un ticket de avión para volar hasta allá, sino que viajaría de polizonte en la primera aeronave en que pudiera colarse, a la manera como ocurría en las películas americanas. Él solo conocía los Estados Unidos de América por las películas y desde pequeño siempre quiso ser Superman o Clark Gable o John Wynne batiéndose a balazos contra los malos en el Lejano Oeste o luchando cómo soldado en pos del mundo libre en las películas de guerra. A veces soñaba con que era Fred Astaire deslizándose danzarín junto Ginger Rogers sobre superficies negras y brillantes como espejos al son de la música de Gershwing o Cole Porter. Las extravagancias en los multimillonarios no son poco frecuentes y los sueños en las cabezas de las gentes comunes y corrientes son inevitables.

Con Antonieta, mi esposa, sabíamos que Fernandísimo Plaza de los Reyes, ese viejo de porte distinguido, con facha de Barón o Conde asturiano, era un fanático, un amante ciego y apasionado de los Estados Unidos de Norteamérica, pero no nos pudimos explicar por qué quería morirse en New York y, mucho menos, por qué tendría que viajar hasta allá de polizonte sabiendo que era un solterón millonario y que no tenía a nadie ni siquiera cercano para dejar de heredero. Era una extravagancia difícil de entender.

La verdad es que Antonieta y yo podríamos llamarnos los más cercanos a él y por eso abrigábamos cada uno por su lado y en el más secreto cómplice silencio poder llegar a, quien sabe Dios lo quisiera algún día, ser nosotros sus herederos absolutos. Su fortuna yacía, por decirlo de alguna forma, como una gigantesca montaña de lingotes de oro enterrada muy tierra a fondo bajo el suelo que sostenía su enorme, majestuosa y castelar mansión en que moraba, silente y ermitaño como un drácula retirado del mundanal ruido de la sangre.

Algún día esos lingotes serían billetes, verdes billetes de dólares en mis ansiosos bolsillos.Debo confesarme a mí mismo que eso de sentirme un posible heredero de Plaza de Los Reyes era un secreto guardado muy bajo llaves en mi corazón y que ni siquiera Antonieta podía sospechar. A su vez, yo sospechaba que ella guardaba esa misma esperanza muy a resguardo de que yo lo supiera. Pero yo estuve siempre convencido que Antonieta sospechaba lo mismo de mí. Cada uno adivinaba sin duda ese secreto en la oscura zona de la mente de cada cual. Pero lo callábamos y cuando nuestras miradas se encontraban nos sonreíamos simplemente y nos decíamos palabras lindas o bailábamos tango, rock o cumbias muy calientes o nos bañábamos desnudos en el lago. Yo intuía que Antonieta no participaba conmigo de ese íntimo deseo por las mismas razones que yo tenía para no participárselo a ella. Era una cuestión de dinero y de mucho dinero, de demasiado dinero tal vez. Y si bien no cuesta mucho compartir un billete de mil o dos mil pesos, compartir una enorme fortuna sí que duele. La riqueza es más difícil de compartir que la pobreza. De morir Plaza de Los Reyes y de tener intenciones de dejar en herencia su riqueza, lo haría pensando a la vez en Antonieta y en mí. Dejo mi fortuna a ese matrimonio maravilloso que ha pasado a ser como mi familia, pensaba que diría con toda seguridad el adinerado Fernandísimo Plaza de Los Reyes. Y eso era lo que no nos gustaba ni a ella ni a mí- compartir- y lo callábamos el uno al otro. Hay evidencias que, aunque parezca una contradicción, no son manifiestas pero que están como latencias inequívocas muy en lo profundo de nuestras intuiciones.

Hay también otro asunto en carpeta en este intríngulis interno. Se trata del todo o nada. Si llegáramos a heredar ambos la fortuna de Plaza de Los Reyes yo estoy muy cierto, mucho más que eso, absolutamente convencido de que ella me asesina a mí para quedarse con todo o yo la asesino a ella por las mismas razones. Ahora sí, que quede claro. Antonieta y yo somos marido y mujer por ambas leyes, por el civil y por la iglesia, hacemos el amor como locos adolescentes, practicamos todas las posiciones sexuales del Kamasutra más otras de creatividad propia y hasta hemos sido swingers ocasionales y nos amamos entrañablemente. Pero en esta vida según se vayan dando las cosas, según se presenten las circunstancias, hay cuestiones que pasan a segundo plano. Por lo demás, ni ante el civil ni ante el cura en la iglesia nadie nos dijo que había que anteponer el amor al dinero. Cuando las cosas no se explicitan con detalle y precisión, uno es libre de interpretar como quiera.

Ella se llama Antonieta Gellini del Pozo y yo Ricardo Pozo Almendras. Es por si algún día salimos en los periódicos.

&&&&&&&&&&&

CAPÍTULO 2

Si uno no desea llegar desnudo a ver a un amigo, lo más razonable es jamás dejar las toallas y la ropa a la orilla del lago y bañarse en sus aguas como Dios te echó al mundo. Los domingos solíamos ir a bañarnos al lago con Antonieta y ese domingo no había sido distinto a ningún otro de los anteriores en la temporada de verano. Hacía un calor del infierno y retozábamos desnudos dentro del agua fresca, cristalina, como dos jóvenes lobos de mar enamorados. Tienes un trasero de miedo, me pones nervioso y ella me respondía con una risa suelta, desatada como cabellera al viento y entre carcajada y carcajada fingía escandalizarse diciéndome: cochino, se te puso grande y dura esa cosa que se yergue entre tus piernas. Es para comerte mejor, dulzura y ella nadando en huída gritaba socorro, socorro que viene el lobo y yo soy la Caperucita. Yo me lancé a nadar tras ella, pero estaba demasiado excitado y no podía bracear tan rápido como para alcanzarla. Desde lejos, Antonieta me gritaba entonces que si me alcanzas haces lo que quieras conmigo y flotando de espaldas se sobajeaba los pechos mientras se relamía libidinosa los labios con aquélla su lengua sabrosa que yo infinidad de veces había probado dentro de mi boca. No seas cruel, le gritaba yo, ven tú para acá, no alcanzó hasta allá, no me dan los brazos, ven, no seas malita, me vas a obligar a masturbarme aquí mismo. Ella se volvía a reír y me autorizaba, hazlo, yo te miro. Entonces lo empecé a hacer parado sobre el lecho y con el agua hasta el cuello y Antonieta comenzó hacer lo mismo y mientras lo hacíamos desde la distancia nos mirábamos quién sabe si poniendo cara de depravados y verbalizando groserías eróticas, pornográficas hasta que en la cumbre del éxtasis, ambos coincidimos en una explosión final de placer. Un inmenso orgasmo acuático. Después el silencio del paraje y el trinar de algunos pajarillos. ¡Vamos a la orilla, es hora de irnos, vistámonos así que vamos por nuestra ropa!

- ¡Mierda, la ropa ha desaparecido, Antonieta!

- No puede ser. Búscala, quizá no las dejamos aquí. Detrás de los arbustos.

- …nada detrás de los arbustos.

- Ricardo, no por Dios… Arriba de la rama de los árboles.

-…nada, nada por aquí y nada por allá…¡Antonieta, alguien nos robó la ropa y hasta las toallas!

- ¡Eso nos pasa por vivir en esta mierda de país! ¡Está lleno de ladrones desde los que mandan hasta los más picantes! ¡Con razón, Fernandísimo quiere irse a vivir a Nueva York y hasta morir allá! ¡Si lo entierran aquí en Chilito capaz que profanen su tumba para robarle lo que sea!

Cuando me dí cuenta, comprobé que Antonieta tenía toda la razón en lo que decía. En Chile había alfombra roja para los delincuentes.

- ¡Cresta, Antonieta, el auto!

- ¡Ricardo, no, el auto no, por Dios! ¡Y nosotros desnudos!

&&&&&&&&&&&&&&&&

*** CAPÍTULO 3 ***

Yo sé lo que piensan y sienten todos y por eso, sin que haya jamás abierto la boca, yo sé que Ricardo Pozo Almendras está muy equivocado respecto de Fernandísimo Plaza de Los Reyes. Lo mismo sucede con las idénticas expectativas que se hace su mujer, Antonieta Gellini del Pozo. Ambos de pie uno frente al otro son unos perfectos falsos e hipócritas. Pero claro, se aman, se aman entrañablemente. Bueno, claro, es eso que los que están poblando la Tierra como especie dominante llaman Amor. Es tanto lo que se aman que ella ya tiene más o menos claro cómo asesinar a su marido cuando llegue el momento en que, según sus ridículas pretensiones, Fernandísimo Plaza de Los Reyes le deje de herencia al matrimonio su gran fortuna. Ha pensado en el veneno. Tal vez la estricnina o el cianuro. El problema es que no es fácil conseguir esas sustancias y si se las consigue queda la huella de la adquisición en caso de que la policía investigue. Y claro que la policía investigaría, pues una muerte por envenenamiento es notoria y exigiría una autopsia, un estudio médico-legal y ahí si que Antonietita se vería en serios problemas y bien podría terminar su herencia tras las rejas. Algo más aproblema Antonieta. Ella desearía una muerte indolora para Ricardo, una muerte piadosa, dulce, como un trance al sueño de un bebé en su cuna. Pero ¿qué sustancia letal pudiera provocar una muerte así? No hay que equivocarse, Antonieta ama a Ricardo con todo su corazón. Otro tanto pasa con la absurda pretensión de su amante esposo Ricardo. Él ya tiene más o menos claro el *modus operandi* para asesinar a su dulce y fogosa Antonieta. Ricardo es un hombre que ve mucho cine y le gustan por sobre todo las películas de gansters, sobre todo si tratan de Al Capone y son

6

protagonizadas por Edward G. Robinson. El Padrino la ha visto exactamente setenta y una veces y media, pues en la última ocasión tuvo que interrumpir su velada para iniciar otra absolutamente imprevista para él. De improviso llegó Antonieta hasta el dormitorio con un sujeto joven de complexión atlética el cual había levantado en la calle y que venía dispuesto a participar con ellos en un trío sexual (menage a trois). El Padrino siguió su desarrollo sólo y abandonado en la pantalla del televisor mientras los tres se dedicaron en pelotas y felices a echar todas las más posibles canas al aire. Pero, en fin, lo importante es saber que su afición al cine lo llevó a concebir matar a su esposa por encargo. Contrataría a un sicario y éste se encargaría de balearla fingiendo un asalto o la raptaría para luego ahogarla en el mar o en cualquier espacio acuático que tuviera la mayor cantidad de agua posible o lo que fuera. El problema es que ese sicario se quedaba con la información y en cualquier momento podía extorsionarlo pidiéndole dinero constantemente durante toda una vida o más aún, pediéndole una estratoférica suma por su silencio. Eso lo obligaría a contratar a otro sicario para que eliminara al primero, pero entonces, este último haría lo mismo y todo se reduciría a una cadena de crímenes para poder ir ocultando el crimen original. Se transformaría así en un verdadero Macbeth, pero Ricardo jamás tuvo vocación teatral y además, aparte del estrés, el costo económico no saldría a cuenta. La balanza costo-beneficio arrojaba más costo que beneficio, no era necesario ser un financista de Wall Street para darse cuenta. En tal caso le convenía más dejar viva a la mujer de sus sueños y compartir con ella la herencia lo que se ajusta a la ley y a las buenas costumbres. Pero la ley y las buenas costumbres nunca habían sido muy atractivas para ninguno de los dos y además esa no era la idea. La idea era el todo o nada. Tendría que pensar en otra cosa que se acercara lo más posible al crimen perfecto. Para ser justo, pues yo no puedo dejar de serlo ya que dejaría yo de ser yo, Ricardo también ama a su mujer. Sólo que su amor no es tan compasivo, tan misericorde como el de Antonieta. El sufrimiento de ella a la hora de morir lo tiene sin cuidado. Total, piensa él, si Antonieta vino al mundo con sufrimiento (el nacer es un dolor, aseguraba siempre) por qué no podría irse de este mundo con dolor. Total, reflexionaba, la muerte ha de ser un dolor rápido, instantáneo, de millonésimas de segundos y después la nada, el descanso o tal vez otra vida o tal vez el cielo o tal vez el infierno. Pero todo eso ya estaba fuera de su alcance. Él podía responder sólo hasta el momento del último estertor y después de aquello, sus bolsillos saturados de platita para él sólo.

En sus cabecillas de *homo-sapiens* esos pensamientos, planes e intenciones bullían día y noche y hasta en el dormir profundo aparecían en forma de pesadillas de terror en que el cadáver de cada cual perseguía al cónyuge asesino y la imagen cadavérica no dejaba de tener gruesos hilos de sangre brotados de piel y carne desgarradas y sustancias verdes vomitivas chorreando de órbitas y otras cavidades calavéricas. Eran pesadillas hollywoodenses al más puro estilo de las películas de terror.

Era todo eso un inmenso e inútil gasto de energía. Era un desperdicio lamentable de tiempo, glucosa y fósforo porque a decir verdad en lo que debieran pensar era en lo que menos hubieran imaginado, Míster Bob.

Aquel individuo de complexión recia, pero de temple tranquilo, permanecía de algún modo en la sombra y en lo profundo del corazón de Fernandísimo Plaza de los Reyes. Lo amaba entrañablemente y aunque jamás le hablaba cuando compartía con otros amigos dejándolo de lado en silencio absoluto a pesar de su presencia, ya había tenido atisbos en alguna circunvalación de su cerebro de querer dejarle a él toda, toda su herencia. Míster Bob jamás podría haberlo sospechado y de haberlo hecho su naturaleza desinteresada lo habría dejado impávido. Él, Mister Bob, no estaba hecho para disfrutar de esa clase de fortuna. No, por cierto, de manera alguna. ÉL pertenecía a una estirpe superior, a una suerte de aristocracia en que la riqueza nada tenía que ver con el dinero ni afanes por el estilo. Ahora bien, esta oculta intención, pero emergente ya casi a nivel de su conciencia no se la comunicaría a nadie por nada en el mundo y menos aún a Míster Bob. Mr. Bob era inglés y a pesar de no ser americano (Fernandísimo adoraba a los americanos) era en definitiva su mejor amigo. Prefería hablar con él en inglés (así practicaba el idioma) cuando estaban a solas y eran horas de larga conversación sobre lo humano y lo divino y sobre la triste y decadente condición humana. La historia de la humanidad es la historia de la infamia y la hipocresía, le decía, una historia forjada a sangre y fuego, de destrucción y sometimiento, de esclavitud y tortura de todo tipo, corporal, psicológica, social, política. Es la historia del hombre, siendo a cada segundo, el lobo del hombre. Aquí, reafirmaba Fernandísimo, en esta puta historia de la humanidad, no hay caperucitas rojas, solo lobos y nada más que lobos. Míster Bob siempre parecía asentir con su silencio, jamás le contradecía, daba la impresión que siempre, siempre, estaba de total acuerdo con su millonario amigo. Pues bien, ése sería el final grotesco de las ambiciosas y sucias pretensiones del amante matrimonio que tenía planeado asesinarse el uno al otro una vez asignada la herencia que estaban seguros irían a recibir por parte de Fernandísimo Plaza de los Reyes. Para ser justo con ellos, porque mía es la justicia, es comprensible que no pensaran en ese escollo que significaba Míster Bob para sus ansiosos anhelos. No es que fueran ingenuos ni tontos en ese sentido. La experiencia de vida les da a las personas una cierta lógica para entender e interpretar la realidad, un sentido común mínimo con respecto a las causas y los efectos, en lo concerniente a lo que es o no posible, a lo esperable que suceda o no. Por lo tanto, es perfectamente y de suyo comprensible que jamás imaginaran que Fernandísimo Plaza de los Reyes tuviera la seria intención de dejarle toda su fortuna a un perro, a Míster Bob.

&&&&&&&&&6

CAPÍTULO 4

Me quedaba muy claro que la locura que Antonieta y yo suponíamos se anidaba dentro de la noble y cana cabeza de Fernandísimo Plaza de Los Reyes no estribaba en que deseara irse a morir a New York. Cada uno es libre de elegir el lugar donde quisiera que sus huesos quedaran enterrados y optar por no querer estar bajo la tierra de un país que detestas es perfectamente comprensible y, más aún, es una decisión y una conducta lógica, normal, consecuente y hasta plausible. Bueno, plausible siempre y cuando los costos del funeral no sean mucho mayores que en el país que detestas. En tal caso, es más comprensible y normal dejar de lado ciertas quisquillosidades, posar de patriota, quedarte en tu país y reservar una tumbita en algún cementerio cotizando la mejor oferta en el mercado de la industria funeraria. El dinero no es cuestión para la risa y hay que darle el sitial que se merece. En el caso de Fernandísimo Plaza de los Reyes, que tiene mucho más que una cuerda para su arco, no sería una cuestión de avaricia sino más bien un asunto de saber moverse con inteligencia y sabiduría en una sociedad de libre mercado y de muchísimo más libre consumo. Y precisamente en eso y en alguno que otro detalle más considero yo que radica la locura de nuestro amigo y, espero, futuro benefactor. Un funeral en New York es, pienso, mil veces más caro que en Chile, pero Fernandísimo insiste en su idea pasando a llevar de modo casi grosero toda normativa, directriz, práctica y doctrina de las ciencias de la Economía. Ser un buen samaritano en los tiempos de hoy y en sociedades en que por fortuna no impera el Estado Islámico de Isis, es tan y mucho más bizarro que serlo en los tiempos bíblicos en que al menos la presencia concreta de un

Jesucristo pisando el suelo del planeta hacía comprensible y normal querer ser generoso y filántropo aún en perjuicio de la propia bolsita de monedas. Hay que pensar que en aquella época Jesús estaba en vivo y en directo y ante cualquier duda acerca de lo que dijera o ante cualquiera interpretación antojadiza de sus palabras existía la posibilidad de ir a aclarar las cosas con ÉL personalmente, cara a cara y, si el encuentro era después de una cena, con al menos tres brindis a copa llena, hasta codo a codo. Por lo tanto, el que una persona decidiera botarse a buen samaritano u optara por despreciar los bienes materiales de esta tierra, no llamaba tanto la atención y si despertaba sospechas y habladurías de una posible locura en él, tenía a mano el abogado que lo defendiera: el propio Señor Jesús. Hoy, en cambio, ÉL no está ya entre nosotros en acto y presencia. Nos quedaron las Santas Escrituras de sus enseñanzas, pero la palabra que va de boca en boca lejos ya de su fuente original o la que va de tinta en tinta, no tiene sostén concreto ni objetivo y se presta para que cuanto idiota o aprendiz de sabio la distorsione a su amaño o la interprete a lo que es antojo abierto. ¿Quién te dijo que el que dijo lo que dijo, existió realmente? ¿Y cómo sabes que lo que quiso decir con lo que dijo es lo que tú crees? ¿Y qué sabes tú si el que dijo lo que dijo era un loco y que si sus razones no eran sino la razón de la sinrazón? ¡Déjate de leseras y, anda, hombre, disfruta, consume, cuida bien tu dinero y hazlo producir! De modo que optar por el derroche motivado por antojos y consideraciones que no podemos ver ni tocar, como es el caso de Fernandísimo empeñado en morirse en New York a pesar de lo oneroso de la operación, es hoy una locura a todas luces. Él debiera darse cuenta de que hoy hay otros evangelios, concretos, con autores de cuerpo presente o si no de data de desaparición muy cercana y que han demostrado funcionar motivando, movilizando, exaltando a las multitudes que se ven incentivadas por su poder adquisitivo o su enorme potencial de endeudamiento y ese endeudamiento es poder, posibilidad de decidir, fuente de placeres, bienestar de los huesos y de las carnes que es lo que nos vemos en el espejo todos los días. Son los evangelios de un Adam Smith, de un Kaynes, de un Rockefeller y hasta de un Donald Trump y el templo sagrado ya no es un edificio en ruinas de interés sólo para la arqueología como el Templo del Rey Salomón. No, son edificaciones actuales, vigentes, sólidas, elevadas en la emblemática Wall Street a dos pasos casi del toro que por cábala de estos tiempos prósperos hay que ir a tocarle las bolas. ¡Cómo Fernandísimo no entiende eso, nos preguntamos Antonieta y yo! ¡Querer ir a morirse a New York! ¡Absurdo a ese precio y con un dólar que está cada día más difícil por culpa de estos chinos que se están desparramando por todo el mundo con su poca eficiente obra de mano barata! Pero eso no es todo. Lo más grave es ¿y si allá en gringolandia, lo envuelve una de esas muñecas rubias tipo Marilyn y lo marea hasta que decida dejarle a ella toda su fortuna?

Todas estas disquisiciones se atolondraban dentro de mi cerebro mientras corríamos desnudos con Antonieta por entre los árboles ansiosos por saber si nos habían robado o no nuestro auto. Lo habíamos dejado estacionado bastante más allá de la orilla del lago semioculto en un claro rodeado de una arboleda más o menos tupida. Lo peor era que no recordábamos exactamente la ubicación. Los árboles no nos dejaban ver el bosque ni el bosque nos dejaba ver bien los árboles. Llegábamos a un sitio y nada. O era el lugar equivocado o es que también nos habían robado el auto. ¡Oh!, Dios mío, en realidad era por allá. No, Antonieta, por ese otro lado. Y acudíamos a ambas direcciones y nada otra vez. Ni el olor al auto aún por pagar en muchísimas y nada de bajas mensualidades. Antonieta estaba que rompía en llanto y yo ya estaba a lo que era chuchada limpia. Finalmente comprobamos que nuestros ladrones eran considerados y gente de buenos modales. Nos dimos cuenta que al fin habíamos llegado al lugar preciso cuando comprobamos que el auto no estaba pero que sí estaba clavado en el tronco de un pino un enorme papel escrito en letra gótica alemana que decía: Gracias por el auto. Tendrán que trabajar duro para comprarse otro pero no olviden que ARBEIT MACHT FREI y a continuación habían tenido la deferencia de escribir entre paréntesis "EL TRABAJO OS HARÁ LIBRES".

Antonieta lanzó un grito histérico que en la soledad del paraje pareció el lenguaje de una hiena y acezante de modo tal que sus tetas subían y bajaban y vibraban de derecha a izquierda pronunció haciendo castañetear los dientes: "…y ahora ¿qué vamos a hacer?". Yo me demoré un poco en contestarle.

_Bueno ir desnudos hasta la carretera, hacer dedo y ver si nos llevan hasta la mansión de Plaza de los Reyes que es lo que está más cerca de aquí.

Antonieta titubeó, se secó las lágrimas y miró a su alrededor.

_No podemos estar desnudos al borde del camino ni menos llegar así donde Fernandísimo. ¿No habrá hojas de parra por aquí?

_No, éste no es precisamente el paraíso terrenal y ni tú ni yo somos Adán y Eva.

Antonieta explotó esta vez como tantas otras en que le venía a la cabeza el tema de Chile.

_¡Ya lo creo que éste no es el paraíso terrenal! ¡Ésta es la mierda de país en que estamos viviendo y por supuesto que no somos Adán y Eva, sino dos pobres y tristes chilenoides víctimas de la basura en que han convertido este país los hijos de puta de los políticos, casta de corruptos de izquierda y de derecha, ladrones y cara de raja! Somos dos pobres imbéciles, desnudos, desposeídos por ladrones que cuentan con todas las ventajas porque están amparados por leyes huevonas que los favorecen…dos pobres imbéciles viviendo en un país de mierda.

-Yo diría otra cosa, dulzura. Chile es un gran país que está en manos de gente de mierda.

El ruido cercano de vehículos que circulaban a gran velocidad por la autopista nos recordó que era mejor llegar hasta ella y ver como solucionábamos el problema antes de que se hiciera de noche.

_Está bien _ farfulló mi esposa_ vamos hasta la autopista. No nos queda otra cosa que afrontar la vergüenza…con dignidad ¡eso sí! Vamos andando.

Yo había permanecido de pie con los brazos fláccidos cayendo a plomo por mis ambos costados y había bajado los ojos para mirarme la punta de los pies.

_Espera, Antonieta. Aún no. Aún no puedo.

_ ¿Qué te ocurre?

_ ¿Qué no te fijas? Dame tiempo a que se me pase la erección. Creo que tengo un principio de priapismo.

&&&&&&&&&&&

*** CAPÍTULO 5 ***

Yo lo puedo afirmar con certeza ABSOLUTA. Fernandísimo Plaza de los Reyes era una criatura soñadora y crédula hasta lo imposible. A pesar de su edad avanzada- setenta y dos años – no sólo creía en duendes, médiums, predicciones a través de bolas de cristal, poderes paranormales, fuerzas del mal y del bien presentes y ocultas en lo invisible sino que también seguía creyendo en lo que quería creer aunque pruebas evidentes, objetivas, irrefutables y concretas evidenciaran que lo que él creía no era más que una mentira o una falsedad alevosa y mañosamente montada. Así le sucedió con madame Chantal.

De alrededor de sesenta años, madame Chantal se había hecho famosa en la televisión nacional. Llegó a ser el rostro de una de las estaciones televisivas más importantes como La Psíquica de París. El programa lo veía Chile entero con un 97 por ciento de audiencia que se tragaba el fraude auspiciado, apadrinado y difundido por el canal Estatal y con la anuencia respetable del Consejo Nacional de Televisión responsable de cuidar que la televisión chilena fuera un medio que educara al pueblo.

Madame Chantal era una francesa radicada en Chile desde que saliera elegido por una minoría que no alcanzaba la mitad más uno del sufragio como Presidente de la República el socialista Salvador Allende que a los tres años de su mandato fuera depuesto por un golpe militar y cuya justificación fue que Allende se había salido de los márgenes constitucionales para gobernar y entre otras cosas porque la inteligencia de las Fuerzas Armadas descubrió que había internado armas desde Cuba más catorce mil guerrilleros de esa nación con el propósito de darse posteriormente un autogolpe e implantar por la fuerza un sistema marxista en Chile. Siendo la doctrina de las Fuerzas Armadas chilenas de corte republicano y demócrata y aduciendo que imponer el marxismo en la nación era un ataque a su soberanía y seguridad interior, los militares procedieron a dar un golpe militar un 11 de Septiembre de 1973 culminando esta acción con el éxito esperado y gobernando a la cabeza de una Junta Militar, el General de Ejército Augusto Pinochet Ugarte. Y, por último, la justificación más de peso para lo que se llamó el Pronunciamiento Militar (¡el Golpe en palabras rectas!) fue que una significativa mayoría de los chilenos clamaban por la intervención de los militares para que depusieran al desastroso gobierno y porque rechazaba abiertamente querer vivir bajo un Chile satélite de Cuba y bajo el sistema marxista. Además, no sólo la gente en las calles clamaba por esto haciendo sonar las cacerolas y lanzando maíz al antejardín de los Generales a quienes llamaba de "gallinas" por su impasividad inicial, sino que además el Partido Demócrata Cristiano, mayoría arrolladora en el parlamento también lo hizo. Lo curioso de esto es que ese mismo partido fue el que con su voto le dio el paso a Allende para que gobernara con la minoría de votos que obtuvo. Bueno, ¡lealtades de los políticos chilenos con su pueblo! De paso, Fernandísimo Plaza de los Reyes recordaba todos estos detalles y se le acentuaba el dolor de su úlcera duodenal y le urgía aún más irse a Nueva York y morirse allá. ¡Y para colmo – le gritaba a Mr. Bob – estos mismos volvieron y ahora gobiernan en la democracia para robarse el dinero de los chilenos, para dar rienda suelta a la corrupción, para ponerle alfombra roja a los delincuentes, para usufructuar de casta privilegiada transgrediendo la igualdad ante la ley y para intentar muy cazurramente volver a imponer su mierda de sistema! No, Bob, yo me muero en New York. ¡No quiero que mi cadáver se pudra con toda la basura que contamina el suelo de este país porque este país lo contaminaron una chusma de corruptos y sinvergüenzas!

La francesilla Simone Chantal, militante de izquierda en su país de origen, había llegado a Chile a conocer y ojalá a participar en la única revolución socialista en el mundo que había llegado al poder por votación democrática, aunque como dije su elección no había sido lograda por mayoría absoluta, sino relativa. El experimento de un socialismo de corte marxista logrado por votación democrática (¿) llamó la atención del mundo y, por supuesto, de la atractiva y donosilla francesita Simón Chantal. El gobierno de Allende marcado por manifestaciones en favor y en contra de su mandato, por desabastecimiento atribuido por los partidarios del gobierno a un boicot de los empresarios, agricultores y fabricantes de derecha y atribuido por la derecha a la ineptitud del gobierno y a una serie de acontecimientos de agitación social, desorden e inseguridad interna, la que fuera más tarde la Psíquica de París, aprovechó el río revuelto para desatarse a sus anchas y ejercer el sexo sin distinción con moros y cristianos, con comunistas y nacionalistas, con moderados y exaltados de la ultra izquierda, con artistas de la nueva canción chilena con contenido social y político y hasta con cantantes de blues y rock and roll criollos. Movió su trasero al compás de las canciones de Silvio Rodríguez y Víctor Jara como también al ritmo de Dany Chilean, Marcelo y hasta con el son de Los Huasos Quincheros. Podría decirse que en esos días de juventud y lascivia se aplicó a realizar una sexualidad transversal, sin prejuicios ni distinciones políticas, sin discriminar entre civiles y militares, entre momios, fachos y afiebrados de izquierda. Los tres fascismos la subyugaban: el de derecha, el de izquierda y el nacionalista. La suya había sido una entrega sexual generosa, libre pensadora, conciliadora por así decirlo, disfrutando de los hombres por ser simplemente hombres sin reparar ni en sus fanatismos, ni sus desvaríos, ni en sus sueños utópicos, ni en sus pretensiones de grandeza, fama, poder y riqueza ni en sus egoísmos e intereses creados. Aprendió, gracias a tener a tantos distintos entre sus piernas, que a la hora de la intimidad todos los hombres son la misma cosa y que lo demás es sólo mascarada para entretenerse con un poco de adrenalina en la sangre en el peligroso y agitado juego de la vida.

- El único desvarío que te acepto, precioso, es tu calentura por mí- solía decirle con ese acento francés a sus distintos y varios amantes como un ritual necesario y previo al destape sobre el colchón y que culminaba con su lengua recorriendo lenta y golosa sus propios labios. Después venía la debacle y, en algunas ocasiones según el número de participantes, Sodoma y Gomorra.

Pero los años no pasan en vano y su elegante y disimulada prostitución se fue marchitando a la par que su cuerpo y entonces se le cayó encima la pobreza. En una sociedad neo-liberal con una próspera economía de libre mercado todo anda bien hasta que dejas de percibir un buen salario y como en Chile la asistencia social parece no pasar de ser más que un bonito slogan, la madame se comenzó casi literalmente a morir de hambre. Cuando se gastó el último peso de lo poco que había ahorrado dado su ligereza en el vivir, pasó su primera noche de indigente durmiendo en la calle. Con más exactitud bajo un puente del río Mapocho. Claro, no era uno de los puentes del Sena en París lo que le habría dado una indigencia de más pelaje, pero ¡qué se le iba a ser! estaba en Santiago de Chile y era **lo que había** como suelen decir los chilenos en su histórico y crónico espíritu de resignación. En aquella noche, acurrucada contra la fría pared de antiguas piedras del puente y teniendo de fondo el gorgojear de la corriente de las turbias aguas del río, se quedó dormida mientras cantaba casi en un susurro apenas audible para ella misma, *La vie en rose.*

Simone Chantal, en ese instante la vagabunda y más adelante la Psíquica de París, abrió los ojos muy temprano al amanecer y lo primero que vio fue el alto turbante celeste. El ruido de la corriente del río le regurgitó de pronto fuerte en los oídos, lo que terminó por volverla totalmente al estado de vigilia. Y es entonces que vio la tupida barba entrecana y al hombre alto, flaco y moreno con el turbante celeste de pie a su lado mirándola fijamente.

_ Tarud Arab.

El río re gorgoteaba cada vez más bullicioso así que ella hizo el gesto del sordo con la mano y la oreja.

_ Tarud Arab.

_ *Pardón…* ¿qué?

_ Me llamo Tarud Arab. Mucho gusto. Ya no tendrá que dormir en la calle. Me la llevo a mi casa.

El bullicio del río otra vez.

_ *Pardón…* ¿Qué no tendré qué?

El hombre del turbante casi gritó:

_ Que no tendrá que dormir en la calle. Me la llevo a mi casa.

_ ¿Por qué?

_ Porque yo soy Tarud Arab, el mago, el psíquico y sentí que usted tiene poderes extra-sensoriales.

_ Que yo tengo poderes… ¿qué?

_ Usted es una psíquica y no lo sabe. Venga conmigo.

Tarud Arab la cogió de la mano y la puso de pie casi de un salto y sin soltarla la condujo tras de sí hasta la escala para trepar el muro.

_ Me llamo Simone Chantal.

_ Lo sé. Lo supe desde que la vi hace poco desde arriba del puente. Suba.

Y subieron. En ese momento, podría decirse, nació el primer eslabón de la cadena que iría a desatar el gran desvarío en la mente de Fernandísimo Plaza de los Reyes.

&&&&&&&&&&&&&&

*** CAPÍTULO 6 ***

La policía es más amable que cualquier otro tipo de ciudadano en este país, pero no apareció nunca y eso ¡gracias Dios! por las razones que referiré más adelante.

Antonieta oculta tras un arbusto junto a la carretera y yo impúdicamente desnudo al borde mismo del camino, *hacíamos dedo* para que alguien se detuviera y aceptara llevarnos. Pero los vehículos pasaban raudos y desde la ventanilla nos apuntaban con el dedo riéndose a mandíbula batiente y gritándonos toda clase de estupideces e improperios. Puta que lo *tenís* chico, huevón, parece clítoris. Oye, la mina tras el arbusto ¿está meando o está cagando? Si *querís*, huevón, te llevo ensartado en este palito. Si me *dejai* culiarte la mina los llevamos, *aweonao*. Me sentía humillado, indignado, doblegado por la impotencia de no poder defenderme, de no tener la posibilidad de patearles la cabeza a esas escorias humana hasta reventárselas. Con cada insulto, con cada vulgaridad que salía de esos hocicos de bestias mal paridas más me convencía que Fernandísimo Plaza de Los Reyes tenía toda la razón en querer largarse de aquí a New York y morirse allá y no en este país de mierda. Pensaba durante esos instantes infernales que estaba padeciendo que de nada le servía a Chile tener una naturaleza tan diversa e increíblemente hermosa si la mayor parte de su gente era una manga de ignorantes, burdos y groseros. Recordaba cómo esa chusma, ahora con poder adquisitivo por la economía de libre mercado y por el crédito del dinero plástico, había salido al extranjero a Argentina, a Perú y otros países y cómo muchos habían sido detenidos por la policía peruana o argentina por haber rayado con groserías y figuras obscenas solemnes e importantes monumentos. ¡Lindos embajadores chilensis! Esa era la gente que estábamos produciendo mientras la clase política mentirosa y corrupta se llenaba los bolsillos y la boca hablando de la calidad de la educación y de justicia social para el pueblo. Bla-Bla-Bla-Bla. Justo antes de que detuvieran su camioneta los que nos quisieron violar, recordé el pensamiento de un filósofo norteamericano W.R. Emerson que sostenía que la calidad de un país no se medía por sus logros materiales sino por la clase de gente que ese país producía. ¡Ja, el score de Chile actual no era el mejor, por cierto! Era una camioneta blanca que aún bastante distante desde donde yo estaba empezó a disminuir su velocidad. De seguro la persona al volante me había divisado en mi absoluta desnudez desde bastante antes. Yo me cubría mis ahora fláccidas y colgantes zonas pudendas con ambas manos y rogaba que quien estuviese al volante no fuese una mujer, vieja o joven no importaba, pero que no fuese una mujer. En una situación así le bajan a uno todos los pudores del mundo. La camioneta avanzó cada vez más lento hasta que se detuvo hasta casi toparme con el parachoques. Suspiré aliviado. A través del parabrisas vi a dos hombres. Quien conducía era un barbón de espesa barba entrecana, grueso de todo, de cabeza, de cuello, de hombros, de brazos, de abdomen, de manos, de seguro que hasta de áurea. Una tonelada de músculos, grasa y huesos y de espíritu si es que el espíritu pesa. Aunque era difícil de precisar, calculé que era un cincuentón. El acompañante era un jovenzuelo muy moreno, de un pelo negro intenso y grueso. Tenía, como se dice, mechas de clavo, parecía un erizo. Como vi que ambos se reían de mí, alcancé a notar que al muchacho erizo le faltaban de modo ostentoso dos dientes delanteros en la hilera de arriba. La tonelada de carnes, huesos, grasa y pelos me habló sin dejar de reírse.

_ ¿Qué le pasó amigazo, por la puta madre? ¿Lo dejó caer la cigüeña o es que lo pillaron volando bajo y lo asaltaron?

Me demoré unos segundos en contestarle. Miré hacia el arbusto y no vi a Antonieta. ¿Habría huido hacia el interior del bosque?

_ Nos asaltaron.

El hombrote frunció la seño.

_ ¿Nos?... ¿Es que son varios?

_ Somos dos.

_ ¿Dos? ¿Su hermano, su hijo, algún amigo? ¿Dónde está el otro?

_ Detrás de ese arbusto.

_ Y ¿por qué no se asoma? ¡Que tipo más delicado!

El muchachote de pelos erizados intervino entonces. Su voz era aguda, chillona, estridente y su hablar mostraba al instante una musiquilla desagradablemente burlona.

_ Capaz que el otro sea un maricón a la vela…jajaja…y nada de raro que este gallo también.

_ Cállate, *agüevonao*, ponte serio. Hay que ayudar a estos amigos.

La palabra amigos y el cambio de actitud del hombrón me hizo sentir un poco más confiado y urgido por estar lo antes posible dentro de la camioneta y dejar de exponer mi desnudez en plena vía pública terminé por informarle.

_ La otra persona es mi esposa.

Como un flash, destelló de súbito un brillo especial y sospechoso en los ojillos del hombre de la barba. El otro tipejo le lanzó una sutil mirada de complicidad. El hombrote no pudo disimular su entusiasmo.

_ ¡Ah, su esposa! ¡Eso está muy bien! Dígale que venga y suban. Yo los saco de este rollo y los llevó donde puedan conseguir ropas. Aquí están entre amigos de buena voluntad. ¿Verdad, Santurrón?

Santurrón le contestó con un pícaro guiño a lo cual el grandullón le respondió con una risotada que quiso demostrar satisfacción y amistad, pero que a mí me pareció más otra cosa. En ese momento entendí que había cometido un tremendo error.

&&&&&&&&&&&&&

✳✳✳CAPÍTULO 7✳✳✳

Madame Chantal, la Psíquica de París, parecía una bruja salida de alguna obra shakespeareana. Vieja, el rostro recargado de arrugas y con una nariz ganchuda que cuando joven curiosamente parecía no haber tenido; los cabellos muy rubios ya bastante ralos y desordenados e inclinada en actitud de éxtasis sobre la bola de cristal emplazada en la elegante, costosísima mesa de centro. En la semi-penumbra de la habitación, una enorme y lujosa bibibiblioteca-escritorio, con estanterías altísimas de talladas maderas de caoba atestadas de volúmenes todos empastados en finísimo cuero, estaba a sus espaldas unos pasos más atrás, erguido en su fino, esbelto porte, con la clásica elegancia acostumbrada, Fernandísimo Plaza de los Reyes. Eran setenta y dos años logrados con solemne dignidad, porte, prestancia y charm.

La Psíquica de París de pronto levantó una mano haciéndole señas para que se acercara e indicando la bola de cristal.

_ Venga, Don Fernandísimo. Apresúrese. Aquí hay algo para usted. Siéntese ahí, frente a mí.

Fernandísimo Plaza de Los Reyes se sentó mirando fijo la bola.

_ No veo nada. Sólo la veo a usted toda deformada a través del cristal. Porque esa cosa que se ve es usted, supongo.

_ Si es una cosa supongo que no soy yo. Lo que hay allí dentro es su cara.

_ ¿Mi cara? A mí me pareció que era la suya.

_ Usted no puede ver nada de lo que gravita dentro de la esfera. Soy yo la que ve.

_ Sí, claro. Usted es la vidente, madame. ¿Qué sucede? ¿Qué hay?

La bruja shakespeareana se quedó un momento en silencio. De pronto profiere una exclamación y se lleva ambas manos a la boca espantada.

_ ¡Ya no veo más su rostro!… Oh ¡Dios Santo!

_ ¿¡Qué ve!?… ¿Qué me sucedió? ¿Qué hay?

_ Se viene una guerra.

Plaza de Los Reyes suspiró aliviado. Era tan sólo eso, una guerra. Menos mal, nada del otro mundo, muy por el contrario. La tranquilidad volvió a su espíritu.

_ Una guerra. ¿Contra quién? ¿Contra lo bolivianos, contra los peruanos o contra ambos agregando a los argentinos? _ se sonreía mientras preguntaba.

_ Es una guerra terrible.

_ Señora, toda guerra es terrible. Pero siempre la van a pelear otros. Nunca uno. Y menos aún los que las declaran.

_ Pero esta es una guerra aún más terrible.

_ Por favor, madame, ¡acabará de una vez! ¡A usted le gusta el suspenso! ¿Contra quién es esa guerra?

_ Contra Vietman del Norte.

Aunque nunca se lo hubiera permitido antes, la risotada estruendosa que lanzó con una desusada espontaneidad Fernandísimo Plaza de Los Reyes hizo literalmente saltar de su asiento a la madame Chantal que debe haber confundido tal explosión con el de un bombazo ocurrido en esa terrible guerra contra Vietman desatada en el interior mágico de la bola de cristal.

_ Jajaja…Pero ¿cómo va a estar Chile en guerra contra el Vietman? ¡Eso está a miles de kilómetros de aquí! Además, ahora es un solo Vietnam porque como usted ha….

En ese punto, Plaza de Los Reyes interrumpió de golpe su discurso. Había caído en la cuenta. Su cambio de humor fue abruto. Emergió como una explosión.

_ ¡Madame, usted me está mintiendo! Hoy no hay un Vietman del Norte. Si quiere mentir infórmese primero de la historia.

_ No me ofenda. Aquí lo que está ocurriendo es la guerra que los Estados Unidos de Norteamérica está llevando a cabo contra el Vietcong en apoyo al Vietnam del Sur.

Fernandísimo Plaza de Los Reyes se puso de pie en un gesto de más furia aún. Era el colmo de la sinvergüenzura y el engaño. Se precipitó hacia la puerta de salida de la biblioteca y la abrió violentamente.

_ Usted váyase. Es una mentirosa, una estafadora, un fraude con pies y cabeza. ¡Qué se cree, que soy estúpido! ¡Cómo dice que ve el futuro en esa bola! ¡La guerra del Vietnam terminó hace más de cuarenta años! ¡Cuarenta años, madame, cuarenta años!

_ Lo sé y no soy ignorante. Nacida y criada en Europa, mi señor, por si lo ha olvidado. _ Lo dijo acentuando aún más su acento francés.

_ Ah!… ¡No es ignorante! ¡Nacida y crecida en Europa! ¡Nacida y crecida bajo los puentes del Sena con toda seguridad! …Ah! y… ¡¿me quiere decir qué tengo yo que ver con esa guerra?! ¡Nada, madame, nada! ¡Cuando ocurrió, para que sepa, apenas me enteré de ella por culpa del pésimo y sesgado periodismo de este país no "sub" sino infra-desarrollado! ¡Sí, señor, infra… infra-desarrollado!

Simone Chantal no respondió. A pesar de sus trazas de bruja adoptó un aire de dignidad monárquica. En un silencio de catedral y en que sólo se oía apenas la respiración acezante de Fernandísimo Plaza de Los Reyes, ella abrió su bolso, cogió la bola de cristal como quién acaba de descubrir el Santo Grial y lo toma por vez primera y con ceremonial magno lo introdujo dentro de aquél. Se puso de pie y con paso de obispo en exaltación papal, la espalda muy recta, calado el sombrero de paja en su cabeza, cruzó el umbral de la puerta. En ese instante, Fernandísimo Plaza de Los Reyes recordó quién era él.

_ Señora…Madame…Usted comprenderá, madame, que a mi edad yo no puedo aceptar que se me engañe impunemente. Entiéndame…la seguí en todos sus programas por la televisión, la admiré, tuve fe en sus poderes psíquicos y de predicción, la llamé para que me brindara sus servicios, le ofrezco una suma nada despreciable, prácticamente sesenta veces más de lo que usted cobra…y miré…me engaña burdamente…Madame, no soy un ignorante. ¡La guerra de Vietnam! …. En fin, disculpe el exabrupto… No es mi estilo gritar ni ofender…

Ella entonces se detuvo sin volverse hacia él. Hubo un breve silencio.

_Vaya tranquila…Adiós, señora.

Se tomó su tiempo para luego volverse a él y Fernandísimo Plaza de Los Reyes otra vez la tuvo frente así. A la Psíquica de París. Sus ojos lo penetraron con una mirada proveniente de las profundidades oscuras de la infinitud y los orígenes mismos del universo. El hombre tragó saliva y se quedó sin palabras, estático, casi hipnotizado se diría. Esperó.

_ Ha cometido un profundo error. _ comenzó la Psíquica sentenciosa y con intencional recargado acento francés_ La guerra de Vietnam aún no ha terminado para los Estados Unidos de Norteamérica y usted, monsieur incrédulo, tendrá mucho que ver en esto. Y no sólo en esto sino en muchos otros hechos de estos últimos años que son hitos históricos más que importante para ese país que a usted tanto le interesa.

_ Madame, no sé de qué está hablando, pero trate de entenderme….

_ Ha cometido un profundo error le repito. En la vida, monsieur, no hay que ser apresurado. Me extraña que usted lo sea a sus años y con la educación que parece tener.

_ Es que he estado un poco nervioso… Mi perro, Mr. Bob, ha estado enfermo y ni Antonieta ni su marido Ricardo, mis únicos verdaderos amigos, han venido a visitarme…y de esto ya hace días…y bueno… Además, tuve una pesadilla horrible con ellos. Soñé que los asaltaban y los dejaban completamente desnudos en lo alto de un pico de Los Andes.

_ Las disculpas agravan la falta, monsieur. Ya es tarde. Usted se lo ha perdido. Venía hacia mí una información valiosa para usted que lo habría ayudado a consolidar su más preciado sueño: vivir y morir en New York completamente legal. Me escuchó bien ¿no? completamente legal. Pero, usted se lo perdió. Me ha ofendido. Y ¡se da cuenta a quién ha ofendido! ¡A alguien con poderes psíquicos!

Fernandísimo contuvo el aliento cuando escuchó esa última sentencia. No había medido las consecuencias de gritarle a quien le había gritado.

Y no sólo eso continuó ella después de un segundo de suspenso_ ¿Se da por enterado que ha ofendido a una celebridad de la televisión? ¿Calibra usted eso? ¡Ha ofendido ni más ni menos que a la Psíquica de París, a mí, a Simone Chantal, que tengo los ratings más alto de la televisión chilena, que soy más popular y confiable que la propia Presidenta de la República! ¡Mida sus palabras e impulsos para otra vez, señor Plaza de Los Reyes y hágale honor a su rimbombante apellido! Adiós.

Nuevamente le volvió las espaldas y comenzó a retirarse con paso decidido y rápido. Estuvo a punto de llegar a la puerta de salida de la inmensa mansión cuando se detuvo ante el grito desesperado que le llegó desde atrás salido de la boca temblorosa de un Plaza de Los Reyes que la había seguido a través del amplio y largo vestíbulo, casi resbalando en el piso de mármol de reluciente brillo.

_ Espereeee…. Espereeee….

Y cuando estuvo ya a un palmo de ella.

_ Espere, por favor…Se lo suplico… Le pido mil perdones… Madame, por favor, por lo que más quiera, continuemos con esto.

_ ¿Por cuánto dinero más, Monsieur? Ahora el precio es otro. Las ofensas merecen una reparación.

Si era cuestión de dinero, él tenía de sobra. Pero al mismo tiempo al dinero hay que cuidarlo. No es cuestión de prodigarlo como quien se saca el sombrero y lo tira al piso. Pero también los sueños más preciados no pueden dejarse de lado por cuestión de dinero. ¿O sí? Por otro lado, tampoco hay que descuidar la seguridad de la existencia. Esa mujer había dejado deslizar una sutil amenaza. ¿Se da cuenta a quién ha ofendido? había dicho para terminar diciendo con un tonito muy especial e inquietante… ¡a alguien con poderes psíquicos!

_ ¿Cuánto más, madame?

_ Hm…No quiero abusar de usted. Podrían ser unas diez veces más de lo que usted ya me había ofrecido. Pero soy considerada. Dejémoslo en siete veces más. Es un número esotérico.

Plaza de Los Reyes movió los ojos para un lado y para el otro y fijando finalmente la mirada en un punto cualquiera que no era el rostro de ella comenzó la serie de preguntas.

_ Así que ¿no me miente?

_ No soy gitana, señor.

_ Y usted me afirma que EEUU aún no ha terminado la guerra con Vietnam. ¿Suena extraño, no le parece?

_ Sueña extraño sí, pero ya entenderá el porqué. No deja de ser muy interesante y sobre todo para usted.

_ Y ¿me asegura que yo tengo que ver con todo esto?

_ Sí, mi señor, así es. Usted tiene que ver mucho con la actual guerra que USA aún sostiene en el Vietman.

_ Pero de esa guerra no se ha hablado en la CNN.

_ Hay muchas cosas que en la CNN se callan o se ignoran. En este caso, la CNN ignora el asunto. Es imposible que lo sepa.

_ Pero lo sabe usted.

_ Perdón, soy algo mucho más que la CNN y que cualquier periodista. Soy vidente, soy la Psíquica de…

_…París, ya lo sé.

_ ¿Entonces?

_ Entonces ¿qué?

_ ¿Es un tanto lerdo o se hace, monsieur? ¿Acepta seguir la sesión por una suma siete veces más alta que la que ya habíamos pactado?

_ Una última pregunta.

_ Diga

_ Y yo al tener que ver con todo esto de la guerra subterránea o como se llame ¿terminaré teniendo mis papeles legales para vivir y morir en New York?

_ Monsieur, no sólo su residencia legal sino ¡la ciudadanía estadounidense!

_ ¡Acepto!

&&&&&&&&&&&

CAPÍTULO 8

Era una camioneta con doble cabina así que a Antonieta y a mí nos sentaron atrás. Seguíamos desnudos. Los tipos no tuvieron la amabilidad de tirarnos siquiera una manta y cuando se los solicitamos, el hombrote al volante comentó muerto de la risa: "¿Para qué quieren cubrirse? Van más fresquitos así". Y Santurrón le hizo coro en la risotada. De pronto, notamos que la camioneta se salió de la autopista pavimentada y se internó por un camino de tierra bastante estrecho y que se empinaba hacia una alta montaña. Antonieta me apretó una mano y me susurró muy a lo bajo.

_ Ricardo… ¿hacia dónde se dirige?… Esto no me gusta nada… Tengo un mal presentimiento. Anoche soñé que Fernandísimo soñaba que a nosotros nos desnudaban arriba de una montaña, que nos asaltaban y nos violaban.

_ ¿Nos violaban?… ¿A mí también?

_ A los dos, hoy la diversidad no se desprecia. Y después veía a Fernandísimo que volaba sobre esa montaña con el traje de Superman y nos rescataba derribando a los dos gorilas que nos habían violado…

_ ¡Gorilas!

_… nos ponía sobre sus espaldas y remontaba el vuelo hacia las nubes no sin antes dejar clavada en la cumbre una bandera de los EEUU.

_ Bueno, pero en realidad sólo fue un sueño.

_ Pero esta camioneta se está alejando cada vez más de la civilización y está subiendo por esta montaña. Y hasta donde yo sé, no estamos soñando, Ricardo.

_ No, supongo que no. Ojalá fuera una pesadilla y despertáramos durmiendo en uno de los salones de Clark Kent…. digo, de Fernandísimo.

La camioneta daba tumbos en su ascenso ahora tortuoso y el silencio en que se habían sumido ambos hombres me empezó a invadir de pánico. Lo único que lográbamos escuchar era el rugido del motor y esas dos enormes llaves inglesas que estaban frente a nosotros en un bolsillo del respaldo del asiento del chofer. Era un tintinear de fierros que me tenía loco, pero al parecer no a Antonieta que se había quedado mirándolas como embelesada. Creí comprenderla. Ella siempre ha sido fanática de los sonidos metálicos. Siempre se deleitaba con el ruido del esmeril eléctrico sacándole filo a un cuchillo, o el sonido del acero de dos espadas chocando una contra la otra en plena escaramuza en películas de Stewart Granger haciendo de Escaramuce o con la vibración dalailámica de algún cuenco oriental. Y no me equivocaba. Ella me comentó al oído "el ruido de esas dos herramientas al menos me levanta el ánimo" y luego me esbozó una sonrisa a pesar de la desesperada situación por la que estábamos pasando. No pude contestarle pues en ese segundo la camioneta dio un tumbo tan violento que yo salté de mi asiento azotándome la cabeza contra el techo. ¡Ay! Y Santurrón se volvió para mirar y me sorprendió justo en el momento en que me sobaba la mollera con cara de afligido. Lanzó una risita que me pareció bastante femenina lo que me preocupó de sobremanera y luego algo le comentó al barbón del volante. Éste vomitó una risotada de metralla que me hizo imaginar todos sus dientes y muelas lanzados contra el parabrisas hasta hacerlo añicos. Pero no, el vidrio seguía intacto y con seguridad absoluta, diría, su bocota repleta de dientes.

A medida que ascendíamos, el camino se hacía más estrecho, empinado y pedregoso. Hacia el costado derecho, contrario a la puerta del conductor se alzaba la roca montañosa y por el lado izquierdo se apreciaba, no sin una sensación de vértigo, el precipicio casi interminable. Mirando por la ventanilla tuve la impresión de ir volando en una frágil avioneta a gran altura. Podría decir aquí que tragué saliva como lo hubiese escrito un narrador de tomo y lomo, pero cómo sólo soy un aficionado que pretende tan sólo dar cuenta de la vida de Fernandísimo Plaza de los Reyes, diré que se me apretó "la guata". No terminaba de reponerme de ese susto cuando me vino otro peor. La camioneta se detuvo. El hombrote apagó el motor y se dejó caer como un saco a tierra. El Santurrón hizo lo mismo de un ágil salto, para mi gusto y susto otra vez demasiado afeminado en el ademán. Habían parado justo al frente de una especie de caverna que abría su boquerón en la roca cordillerana. Nos miramos con Antonieta y ella me guiño un ojo. No entendí para nada lo que me quiso decir con ese guiño. Dudé que me estuviera coqueteando. Pero después pensé que sí lo hacía como una forma de brindarme un último guiño de amor antes de morir violados por esos tunantes. Yo también entonces le cerré un ojo, pero en un gesto fúnebre, trágico, póstumo. Reconozco que es difícil guiñar un ojo en ese talante anímico, sin embargo, sé que lo logré por la cara de inmensos signos exclamativos e interrogativos a la vez con que contestó a mi romántica despedida.

Los dos facinerosos sin mediar palabras abrieron cada uno las puertas traseras de las cabinas. A Antonieta le tocó el hombrote y a mí, que era lo que me temía, Santurrón, el gay. Con espanto vimos que ambos ya tenían sendos penes fuera y amenazadoramente erectos. Como en un protocolo de delincuentes que se precian de profesionales, el barbón de una tonelada anunció casi solemne: "Esta es una violación". "Le agradezco la deferencia en anunciarlo con la debida anticipación" le alcancé a decir antes de escuchar el bramido perentorio y casi militar de Antonieta: "¡La llave inglesa!". Entonces recién me dí cuenta de lo lerdo que suelo ser y por fin lo entendí todo. Ahora comprendía el por qué del ensimismamiento de Antonieta mirando las herramientas al chocarse entre sí, su comentario de cómo esos ruidos le levantaban el ánimo y de por qué me había guiñado el ojo. Por supuesto, no fue por coquetería. Había sido un gesto de comunicación en pleno operativo digno de los SEALS de Norteamérica. Me estremecí al pensar que ella era mucho más lista que yo y que en consecuencia al momento de asesinarnos mutuamente por el asunto de la esperada herencia, ella me iba a llevar la delantera y yo no iría sino a recibir de esa fortuna más que un lujoso y fastuoso funeral. Pero reaccioné a tiempo y a la par que ella cogí la llave inglesa y antes de que Santurrón tuviera tiempo de agarrarme por mis genitales, no olvidemos que estaba yo desnudo, le asesté un feroz golpe en la cabeza. El muchachote no alcanzó ni a gritar porque la cabeza se le abrió como una sandía y cayó al suelo desparramando sobre la piedra la escasa inteligencia que debe haber tenido. Pisando sus escasas ideas y clisés de pensamientos que quedaron esparcidos por el suelo me volví para ver que pasaba con Antonieta. Lo primero que vi fue que no la vi. Sentí eso sí sus gritos y los bufidos del grandullón. Me encaramé arriba del capó y allí estaban ambos forcejeando rodando por sobre la roca al borde del precipicio. Pensé maquiavélicamente que si ambos caían al vacío la Divina Providencia me habría estado ahorrando el trabajo de cometer homicidio contra mi esposa cuando llegara el momento tan anhelado de la muerte de Fernandísimo Plaza de Los Reyes. Miré entonces hacia lo alto para cerciorarme que no viniera nuestro millonario amigo volando vestido de Superman y echara a perder todo el trabajo de la Divina Providencia. La cosa iba viento en popa. Nadie se acercaba volando por esos cielos de Dios. Entonces me limité a seguir observando la lucha entre mi mujer y su violador cómodamente instalado "de guata" sobre el capó esperando el momento del desplome de ambos hacía el vacío. La coartada era perfecta. Los hombres nos raptaron, nos llevaron a la cordillera, luchamos contra ellos, de pronto todo se me hizo negro, al despertar, señor Juez, vi al muchacho con la cabeza despedazada a pocos metros míos, busqué a mi esposa, no la vi, corrí hasta el farellón y allá al fondo del precipicio me doy cuenta que están los dos cuerpos hecho cadáveres de mi amada Antonieta y la de ése animal con barba o no mejor, la de aquella descarriada oveja que nos había intentado violar. Dios los tenga a todos en su Santo Reino. Pobrecita, mi dulce y tierna esposa que tuvo que convertirse en vil criminal por tratar de salvarse ella y principalmente, oh, canalla de mí, por resguardar mi vida, señor Juez. Tal vez un sollozo vendría bien en ese momento y ¿se da cuenta su Señoría? ¡Se da cuenta qué debilidad de criatura humana soy yo! ¡No haber tenido la fortaleza de salvarla yo a ella y haberme desmayado de pronto dejándola sola con esos dos asaltantes! ¡Merecería condenarme por eso, Usía! ¡Perpetua y sin beneficios, señor Juez!

Pero de pronto en uno de esos violentos giros caprichosos del destino, el Demonio o Dios, no sé alguien poderoso se rió de mí. Escuché un ruido reiterativo, agudo, estridente y desesperado como el gruñido de un cerdo al que lo estuvieran capando. Miré. No era un cerdo, pero algo muy cercano. Era el frustrado violador de mi esposa que como una fiera le mordía los genitales. Yo pensé que ella literalmente lo estaba castrando. No era el momento de que me pusiera celoso, pero sí la ocasión de sentirme agobiado pues me daba cuenta que la tarea de eliminarla a ella cuando recibiéramos la herencia quedaba aún muy pendiente y, lo cierto, es que yo ya me estaba cansando de pensar y pensar la forma de hacerlo para que fuera un crimen perfecto. Mi esposa, por lo que vi a continuación, parece que era tan poco sutil para asesinar como lo fui yo con Santurrón. Aprovechando que el grandullón se retorcía de dolor agarrándose inútilmente los genitales casi hechos papillas por las mordidas que le diera Antonieta, mi futura cadáver esposa cogió la llave inglesa y le asestó un golpe definitivo en la cabeza que no sólo dejó al desdichado barbón con la cabeza partida literalmente en dos, sino que literalmente muerto sin posibilidades de resurrección ni siquiera con la intervención de Jesucristo.

_ ¡Bingo!

Ella me miró y levantó el dedo pulgar con la señal del deber cumplido.

_ ¡Bingo!

Pensé que si al final de todo, luego de la partida no voluntaria de Fernandísimo Plaza de Los Reyes, ella salía triunfante en nuestros planes no compartidos ni comunicados, también repetiría ese gesto con un pie sobre mi cadáver y con un suculento fajo de billetes en la mano, blandeándolos como una bandera flameando al viento de la victoria después de ganada la guerra.

_ Y ¿ahora qué hacemos?

Ella nunca titubeaba. Siempre tenía las soluciones en la punta de la lengua:

_ Quemar a estos cerdos con la gasolina de la camioneta y quemar la camioneta junto con ellos.

_ Pero, sin camioneta ¿cómo regresaremos?

_ Caminando. ¿No tienes dos piernas acaso? Y así mientras bajamos nos vamos conversando. Vamos, ¡manos a la obra!

Y no sin dificultad, subimos los cuerpos a la camioneta, barrimos los restos de masa encefálica desparramadas por el suelo y encendimos el fuego al que siguió una explosión y luego un incendio intenso que con seguridad dejó al macizote sin un gramo de grasa.

Apenas emprendimos el camino de regreso, montaña abajo, yo comenté.

_ Es mi primer crimen.

_ También el mío. Para ser el primero no estuvo mal.

Algo me sonó amenazador en su comentario así que le pregunté:

_ ¿Por qué dijiste mi primer crimen? ¿Piensas cometer un segundo crimen?

Sin duda, ella también se sintió amenazada con mi comentario inicial.

_ Y ¿qué me dices tú? ¿Por qué dijiste mi primer crimen? También tienes otro en mente.

Y así empezó nuestra conversación cuesta abajo.

_ No, contéstame tú primero.

_ No, primero tú.

_ No, tú.

_ No, tú.

Y así continuó la conversación.

_No, mi lindo, tú primero.

_No, dulzura, primero tú

_ No, tú.

_ No, tú.

Y ya en el valle, cercanos a la carretera fue terminando así.

_ Tú.

_ Tú.

_ Tú.

_ Tú.

Tengo la leve impresión que no sólo sospechábamos, sino que también estábamos muy asustados el uno del otro.

&&&&&&&&&&

*** CAPÍTULO 9 ***

El pasillo era muy largo y oscuro. Era un pasillo absurdamente oscuro y absurdamente largo. A nadie se le había ocurrido instalar una ampolleta arriba en el alto techo y sí a alguien se le había ocurrido darle la longitud de un túnel porque quien lo haya diseñado lo que al parecer quiso hacer fue construir un túnel y no un corredor para una casa normal. Mientras Simone Chantal se internaba por aquél precedida por Tarud Arab tuvo la impresión que ingresaba a un búnker. Pero no era así. El estúpido túnel terminaba al igual que cualquier pasillo normal en una vieja escalera de caracol que daba a una vetusta y pobretona planta superior, Allí la luz del día inundaba el interior a través de viejas ventanas configuradas de múltiples marcos a modo de casilleros, rectangulares unos cuadrados otros. A muchos de ellos les faltaban sus respectivos vidrios así que el aire frío y la lluvia se colaban en invierno, el soplar caliente del verano transformaba el interior en un infierno, y en otoño y primavera entraban suaves, amables hojas amarillentas, mariposas despistadas, algunos pajarillos buscando público para lucir sus trinares y la fragancia de las flores y del renacer de la naturaleza, Frente a esos ventanales antiguos, imposibles ya de abrir por la falta de mantenimiento y limpieza, se alineaban una contigua a la otra tres piezas de altísimo techo, sin ventanas. Al fondo y formando una especie de ele con respecto a las habitaciones estaba la puerta que daba al baño (ducha, cortina de plástico negra de hongos en su parte inferior, lavamanos con su loza trizada y la taza del excusado floja que para sentarse había previamente que centrarla a mano) y contiguo al baño tan sólo un marco sin puerta que daba paso a la cocina. Allí un lavaplatos cuyo único grifo goteaba permanentemente y que cuando se abría para dar paso al chorro de agua hacía un estruendo de cañerías que de tan viejas parecían hacer penosas y forzadas gárgaras con el agua. Era tan escandalosa la sonajera que en vez de agua daba la impresión que eran tuercas las que subían por ellas. Junto a ése lamentable adminículo, se sostenía apenas sobre sus cuatro endebles patas, una mesa que lucía impúdica una grasienta superficie y sobre ésta una modesta cocinilla de un plato a gas y con la bombona de ese combustible a la vista. Colgando adosadas al muro descascarado, desde sus respectivos clavos, una olla, una sartén y una tira de cebollas. Más allá a modo de repisa, una rústica tabla en la que se veían dos platos bajos, un plato sopero y una jarra de la que se asomaban dos cucharas de té, una cuchara sopera dos cuchillos y dos tenedores. Junto a la jarra había una caja de cartón con detergente y, por último, colgando de un clavo un mugriento paño de cocina.

En el dormitorio, el camastro era de plaza y media y sobre la colcha que algún día debió haber sido blanca, permanecía sentada Simone Chantal quien fijaba sus ojos en el viejo ropero que tenía enfrente para evadir la mirada penetrante de Tarud Arab que estaba de pie delante de ella. En esos instantes, Simone estaba considerando que el vértice en que se juntaban las piernas de aquel larguirucho hombre estaba demasiado cerca su boca. No es que tuviera escrúpulos, pero primero que nada el tipo no le atraía y segundo no le gustaba ser engañada. Eran cosas que ella pensaba de sí misma y que se las creía muy seriamente. Las cosas claras y la dignidad por delante. Si la quería como prostituta que se lo dijera y si la quería como futura vidente que se lo dijera también. Pero las dos cosas juntas, no. O prostituta o vidente.

_ Aaah…ooohhh…

_ Ooohhh…aaah…No, pequeña, como prostituta de ninguna manera, pero como vidente desnuda en mi cama y conmigo entre tus piernas como estoy yo ahora, sí.

Tarud Arab siempre había sido un hombre de acción. Primero hacía y después hablaba. O como ahora, mientras hacía hablaba. Ella le escuchaba y le respondía con muy poco resuello entre quejido y quejido y aspaventosos gritos de placer.

_ Ricas tus tetas… Te quiero en la televisión como adivina.

_ Ay, ay, ayy… Dale más fuerte. ¿En la televisión?

_ Tengo buenos contactos. Te haré una estrella de la adivinación.

_ Aaahhhh…Ahora me estás haciendo ver estrellas…muévete, muévete…

_ Hay que moverse rápido.

_ Sí, mon cherie, más rápido que estoy que acabo.

_ No, no es eso. Hay que moverse rápido antes que otro nos gane el quien vive en la televisión. Hay un charlatán de adivino que anda rondando el canal…. Béseme, bésame, quiero tu lengua en mi garganta.

Ahí el diálogo se interrumpió por casi más de dos minutos. Sólo se oía la sonajera del catre. Y cuando su lengua estuvo fuera de la boca de él y dentro de la de ella:

_ ¡Serás Madame Chantal, la Psíquica de París!

_ Aah…ooohhh…aayyhh…¿la psíquica de París?… ¿Qué tendré que hacer?

_ Adivinar el futuro de las personas.

_ Mi amor, yo no lo sé hacer.

_ Lo estás haciendo muy bien, ricura. Sigue moviéndote.

_ No, no es eso. No sé adivinar el futuro de las personas.

_Yo te enseñaré. Es cuestión de imaginación.

_ aah..aaahhhh… ¿Y si lo que imagino no es cierto?

_ Importa poco. Ellos no se van a dar cuenta. Nadie sabe su futuro.

_ Pero si después no se cumple lo que les dije, ahí se van a dar cuenta de la mentira.

_ Da igual. A esas alturas tú ya estarás lejos y con dinero en el bolsillo.

_hhaaayy….aaahhhh… ¡No tan brusco! Pero, y si no alcanzo a estar tan lejos.

_ Alcanzarás. Tú les adivinarás su futuro profundo, su futuro lejano que demorará en cumplirse, pero que algún día llegará.

_ O sea que viviremos de la mentira.

_ Todo el mundo vive de la mentira. El mundo entero es una mentira.

_ ¿El mundo entero?

_ Sí, mi amor, mi amor, mi amor, amorrrr… Lo único verdadero es esto… esto…esto…esto…mi amor…ya…ya…estoy que me voy… aaaaahhh…

_ Yo también…. Mi amor, me voy, me estoy yendo…aaahhhh…

_ ¿Trato hecho?… aaahhhh

_ Aaahhhh…aaahhhh… trato hecho, mi amorrrr.

_ah, aah…aaah…. aaaaaaaaaaah

_ aaaaaaaaaaaaaaaaaaaaaaah.

Y el pacto quedó sellado. Así nació al mundo, Madame Chantal, la Psíquica de París.

&&&&&&&&&&&&&

CAPÍTULO 10

Nuevamente estaban sentados él frente a ella y la bola de cristal en el centro de la mesa. Todo a media luz. Plaza de los Reyes estaba ansioso. Le urgía saber si su destino final sería New York y si el suelo de esa su amada manzana albergaría su cadáver. No es lo mismo un funeral en el país más poderoso del mundo que en un país subdesarrollado. Su cadáver merecía un cementerio top, con tecnología de punta y estatus social e histórico. En New York había varios así, pero tampoco le vendría nada de mal ser enterrado en el Cementerio de Arlington aunque no estuviese ubicado precisamente en New York. Mal que mal Washington era Washington y no por nada él era ni más ni menos que un Plaza de los Reyes, mucho más por cierto que esos Errázuriz, Amunátegui, Larraín, Astaburuaga, Izaguirre y toda esa caterva de vascos recauchados que tanto ostentaban en Chile y que los chilenos sumisos, apocados e ingenuos aceptando poner al servicio de aquéllos todas sus leyes, tribunales y sistemas, reverenciaban y privilegiaban a pesar de su cacareada igualdad ante la ley y su flamante democracia de pacotilla.

La Psíquica de París habló después de estar largo rato en silencio con la mirada fija en el interior de la bola, aunque su cerebro en esos segundos no procesaba lo que sus ojos miraban sino lo que su corazón sentía: un enorme signo peso omnipresente en todos sus lóbulos cerebrales.

_ Lo primero es un cáncer – dijo.

_ ¡¿Un cáncer?!

_ Bueno, sí. Un cáncer. ¿No desea ir a morirse a New York? Ahora ya tenemos el motivo para su muerte. El destino no es azar, no casualidad es causalidad. Es una red de causas y efectos que vienen concatenados incluso de vidas pasadas. Acciones que usted efectuó siglos de siglos atrás cuando usted pudo ser una libélula o más tarde un mujik en la estepa rusa o tal vez un faraón de los Egiptos o un esclavo en la arena romana o un héroe de los yanqueez en la Guerra de Secesión, pueden ser causas de efectos y consecuencias en ésta, su vida presente. El cáncer lo hará ser un cadáver neoyorquino y completamente americano, pues como le dije usted obtendrá en los Estados Unidos algo más que la Green Card.

En ese momento, Fernandísimo comenzó a sentir que la mujer no le mentía, que de veras era una adivina. En efecto, le habían diagnosticado un cáncer de colon. Había consultado tres fuentes médicas serias, connotadas y de marca y las tres habían coincidido en el mismo diagnóstico. No había dudas, Madame Chantal era honesta. ¿De dónde iba ella a saber lo de su cáncer?

_ Lo que le puedo seguir diciendo, señor Plaza de los Reyes, son buenas noticias. Todo va dirigido a que su deseo se cumpla: morir en New York. Su cáncer ya es por fortuna inoperable. Ha derivado en metástasis invadiendo testículos que por lo demás ya poco o nada los necesita y una ínfima porción por ahora del pulmón izquierdo lo que es bastante positivo pues eso lo induce a no seguir fumando para así toser menos en la noche y sobre todo para ahorrar dinero y para dejar de favorecer una industria siniestra basada en el vicio, la mentira y el desmedido afán de lucro. ¡Dios lo bendice a usted, señor Plaza de los Reyes!

Mientras Madame Chantal habló todo aquello, fue agradeciendo en su interior lo maravilloso que es Google brindando generosamente la información que se le pidiera y lo útil que son aquellas empresas que por un costo razonable te venden toda la información que tu desees acerca de una persona. Ese egoísta y burgués concepto de lo privado y la privacidad hacía tiempo que gracias al cielo (o al infierno) había quedado ya en el pasado.

_ ¿Moriré dignamente en New York?

_ Con toda la dignidad y la pompa que se merece un Plaza de Los Reyes como usted. Recuerde, usted será un héroe en los Estados Unidos. Pasará a ser parte importante de la historia de ese gran país.

Fernandísimo levantó la mirada al techo y esbozando una sonrisa beatífica que se quedó embobado. Lo trajo a la realidad la voz de la adivina.

_ ¿Por qué quiere ir a morirse a New York y no simplemente irse a vivir?

Él rumió la respuesta por unos instantes.

_ Porque si bien a uno no le es dado el elegir el lugar en que deseara nacer, al menos se tiene la posibilidad de elegir el lugar en que uno quiere morir. Al menos en la mayoría de los casos a no ser que uno se muriera de una muerte súbita y en el lugar menos deseado.

_ Y Chile para usted ¿es el lugar menos deseado?

_ Sí y no tan sólo para morir sino también para nacer y vivir.

_ Pero este país es hermosísimo, Monsieur. Tiene los paisajes más hermosos, los mejores vinos que compiten incluso con los de Francia, mi país, las mujeres más hermosas, la cordillera y ese mar que tranquilo lo baña a pesar de uno que otro maremoto.

_ Sí, pero está lleno de chilenos. Ése es el problema.

Desde el salón contiguo a la biblioteca en donde estaban, llegaron claros y nítidos tres ladridos precisos de Míster Bob como apoyando y corroborando en un acto de solidaridad absoluta, la afirmación de su amo.

_ Y ¿por qué le molestan tanto los chilenos, Monsieur?

_ Por eso, por ser chilenos. Ser chileno es un modo particular de ser casi muy diferente al resto del mundo.

_ ¿Cómo así, Monsieur?

_ Ser chileno es ser un mono imitador ¿sabe? Se sienten orgullosos no de ser lo que son (porque ni saben lo que son) sino de sentir que son como los otros, aunque en el fondo no sea así. Dicen "somos los ingleses de América", sin embargo, la impuntualidad es su sino. La raza es morena, pero ellas e incluso muchos de ellos quieren ser rubios y de ojos azules, así que los que se dedican a teñir el cabello y los contactólogos ganan mucho dinero. Hablan contra los gringos y sin embargo edifican tremendos edificios tratando de imitar malamente la arquitectura norteamericana. El mal llamado barrio alto es una patética imitación de un Miami más latino que gringo. Imagínese, han llegado a llamar "Sanhattan" a un siútico sector capitalino en que se levantó una torre de edificio queriendo evocar las Torres Gemelas. Si los gringos tienen su hermoso y tradicional Manhattan, ellos no quieren ser menos teniendo un Sanhattan. Usted se da cuenta: Santiago y de ahí el siútico Sanhattan. Patético. Con gente así no puede vivir uno tranquilo.

_ Ya veo, Monsieur. Y ¿sólo por eso rechaza a los chilenos?

Ante la pregunta, Fernandísimo Plaza de Los Reyes se encendió casi hasta el incendio. Se le pusieron rojas las mejillas, se le engruesó la vena del cuello, se le salieron casi los ojos de las órbitas y las palabras se le escaparon de la boca a borbotones.

_ Dígame ¿estaría usted contenta con gente que prefiere decir lo políticamente correcto a decir las cosas por su nombre? ¿Le gustaría convivir con personas de mentalidad estrecha y provinciana que se admiran de todo aquél que no es como la mayoría? Si usted anda por la calle con un sombrero de copa decorado con una hermosa pluma de colores en uno de sus costados, una chaqueta roja hermosa, zapatos puntudos y unos jeans rasgados en las rodillas, todos los imbéciles se vuelven a mirarlo y no faltaran los que se burlen de usted diciéndole algo vulgar y grosero como "¡¿te arrancaste del circo, culiado!?". No hay respeto ni tolerancia ni autocrítica. Para ser aceptado tienes que ser hombre- oveja, ser como los demás, ser mediocre. El chileno es la oda a la mediocridad, el campeón de la intolerancia. Se llenan la boca hoy en día con el slogan del respeto a la diversidad, pero no pasa de ser eso, un slogan. Una estúpida propaganda gubernamental difundida por los medios que están vendidos a los intereses de la torpe clase gobernante o al mejor postor. Tal como están vendidos todos los corruptos políticos de las izquierdas y las derechas. En Chile hoy vale más la rentabilidad, el dinero que las personas ¿se da cuenta? Y siga diciéndome ¿le place a usted convivir con personas envidiosas del talento o el éxito de los demás? Existe la institución del chaqueteo. Si lo ven que le está yendo bien, lo tiran de la chaqueta para abajo. Le inventan, lo calumnian, hacen cualquier cosa para que usted caiga de la posición que se ha logrado ganar. No existe la meritocracia, existe la amistocracia, el llamado pituto. Se asciende porque soy el hijo de tal o de cual, o porque soy amigo del ministro o del gerente de la empresa, o porque le presté el poto al maricón con poder o al mujeriego que corta el queque en el caso de las mujeres. Asciendo porque hago lobby y le chupo el pene al que tiene la sartén por el mango. Por eso en este país mandan los mediocres y en el caso de los políticos todos corruptos y mediocres, los eligen una muchedumbre de tontos e imbéciles. ¡Usted debe haber oído eso de que los pueblos tienen los gobiernos que se merecen! Chile es la copia feliz de eso, madame. ¿Le gustaría a usted estar enterrada compartiendo el mismo suelo con cadáveres que en vida fueron en su mayoría unos redomados mediocres? ¡A mí, no! ¡Yo tengo mi orgullo y mi dignidad! ¡Sí, señor!

Esta última frase literalmente la escupió, porque unas gotas de saliva salpicaron con toda impudicia el rostro de la Psíquica de París.

_ Monsieur, por favor, modérese que me humedece.

Y con dignidad de dama francesa en decadencia, se pasó un pañuelo por la mejilla y, de paso, por la punta de la nariz.

Allí seguía en el centro de la mesa, la bola de cristal emanando sus efluvios de lo por venir.

_ Aquí veo algo importante. Su preponderante papel en la actual historia de los Estados Unidos de América,

_ ¡Cielos!

_ Usted está vinculado a la guerra del Vietnam, a las contiendas en el Medio Oriente, a las Torres Gemelas.

_ ¿Yo?

_ Es un paladín del mundo libre.

_ Con el respeto que me merece, madame, lo único que espero es que no me esté tomando el pelo.

_ Si vuelve con uno de esos comentarios que expresan duda acerca de mis poderes, suspendemos mis servicios para siempre.

_ Sí, perdón…de acuerdo.

_ Le decía que la guerra de Vietnam aún continúa para los Estados Unidos. Es por dos razones. Una es porque existen los veteranos de esa guerra. Se necesita un constante apoyo hacia ellos: moral, psicológico, económico. Son una realidad con la cual hay que enfrentarse. La otra razón es monumental.

_ ¡Monumental!

_ Sí. La guerra de Vietnam fue una expresión de la cruzada que siempre ha tenido EEUU por defender la libertad en el mundo en contra de toda forma de tiranía. Participa en la Primera Guerra Mundial, luego en la Segunda. ¿Me entiende?

_ Sí, le entiendo. Pero ¿qué tengo yo que ver con todo eso?

Ella hizo una pausa de gran efecto teatral, se inclinó aún más para ver el más íntimo interior de la bola de cristal y luego, incorporándose, lo miró fijo a los ojos. El cucú de un reloj alemán adosado a uno de los muros se hizo sentir siete veces en la semipenumbra. Fue de algún modo la trompeta que anunciaba su crucial sentencia:

_ Usted será quién encuentre al hombre más buscado por los norteamericanos: ¡Osama Bin Laden!

&&&&&&&&&&&&&&&&

CAPÍTULO 11

Dante Carrasco Ugarte y su escoba. La escoba que siempre andaba portando sobre su hombro derecho a modo de un fusil era nueva, resistente y él era un hombre joven, de treinta, alto, atlético, el corte de pelo a lo militar, vivaz la mirada, agradable y varonil el rostro. Su sonrisa tan afable y de blanca dentadura bien alineada fascinaba a las mujeres y contagiaba de buen humor a los hombres. Era una persona querible y querida. Eso sí, ni un pelo en la lengua.

Algunos le decían a veces "usted no parece chileno, tiene la pinta de esos gringos de las películas que conquistan a una rubia muñequita y vencen a combos a los malos". Dante se molestaba su poco con estos comentarios y solía contestarlos con bastante energía y convicción "mire, mi amigo, soy chilenazo, más chileno que la empanada, los porotos y el vino tinto y no defiendo muñecas rubias sino lindas morenas chilenas de cinturas y caderas como la guitarra que canta nuestra cueca en los campos de nuestra patria". Era un individuo épico, sin duda. Muchos dudaban de su cordura. No podían entender que anduviera todos los días, el día entero y entrada la noche con una escoba al hombro. Ya se había ganado el apodo de "el loquito de la escoba". Sin embargo, lo que más llamaba la atención es que en la conversación era coherente, cuerdo y acertado en la mayoría de sus opiniones si bien éstas no siempre coincidían con el sentir y pensar de la masa. Contrario a la mayoría de los chilenos, no decía lo que era políticamente correcto, sino lo que él consideraba verdadero, necesario y justo. Era valiente con la palabra, con los puños y en un futuro no muy lejano se suponía que con la escoba.

_ Y ¿para qué esa escoba que lleva al hombro todo el tiempo, amigazo, y perdone la pregunta?

_ Para barrer la mugre, pues señor, para qué otra cosa cree usted.

_ ¿La mugre de su casa? Su casa debe estar llena de mugre entonces porque hace tiempo que le veo que esa escoba está nuevecita.

_ No, la mugre de mi casa no, la mugre que hay en Chile. ¿No es Chile nuestra casa acaso?

En las redes sociales ya se había hecho famoso. Se había preocupado de subir al Facebook fotos de él con la escoba al hombro y también con la escoba en ristre como un Quijote de paja criolla dispuesto a *desfacer entuertos y proteger a la viuda y al huérfano*. También publicaba en twitter su cruzada en pos de un Chile escribiendo cosas como "Chile no es un país de mierda sino un bello país en manos de gente de mierda", "todo político bueno es un político muerto", "hoy hay muchos chilenos, demasiados, que son mercadería cara y de mala calidad, se venden al mejor postor, se vende la prensa, se venden los políticos, se venden los milicos y los pacos, se venden los guarenes de gerencia y los ratones de mandos medios, todos se venden, menos los chilenos dispuestos a seguirme con su propia escoba al hombro y ¡cuidado que somos muchos!" Fue tanto el revuelo que logro por el internet que al fin consiguió que un día lo buscara la televisión para una entrevista.

_ Le ofrecemos cinco millones de pesos por la entrevista. ¿Le parece bien?

_ Me parece mal. No acepto dinero por entrevistas. Seré libre de decir lo que se me antoje y no acepto cortes de edición. O toda la verdad de lo que pienso o nada.

_ Pero, señor Carrasco, el Canal considera justo…

_ ¡Permíteme! ¿Usted cree que porque ando con mi escoba para arriba y para abajo soy huevón? Se equivocan medio a medio. Sé perfectamente que el objetivo de la entrevista es neutralizar el poder de mi mensaje haciéndome aparecer como un tonto o como un loco. Ustedes son parte de la maquinaria diabólica interesada a mantener a los buenos chilenos en la estupidez para defender sus mezquinos intereses económicos y sus anacrónicas y decadentes ideologías. Ustedes son de los mismos que quieren que Chile siga siendo el basural en que lo han convertido. O me dejan decir todo esto y no recibo ni una taza de café de ustedes o no hay entrevista.

Los del Canal de Televisión formaron un círculo entre ellos como los futbolistas para ponerse de acuerdo antes de empezar el partido y en ese ruedo de hombres reunidos cabeza a cabeza comenzaron a sopesar que el auspiciador del programa había sido descuidado en los términos del contrato y no había especificado qué debía decir o no el entrevistado, sólo había especificado que se insistiera en el mensaje visual de mostrarlo con su ridícula escoba. No iban pues a perder una paga más que excelente de tan buen auspiciador y como el hombre no aceptaba el dinero se lo dejarían para ellos, total falsificar una firma por recibo de honorarios no era cosa difícil. El negocio era redondo. Y así la entrevista salió al aire… ¡en vivo y en directo!

&&&&&&&&&&&&&&&

＊＊＊CAPÍTULO 12＊＊＊

Desde que la Psíquica de París le dijera que él sería el hombre clave que para dar con el paradero de Osama Bin Laden, Fernandísimo Plaza de Los Reyes decidió que su deber a partir de ese momento era no despegar los ojos de la CNN –ni del canal hispano ni del norteamericano- para informarse de todo lo relativo a lo que acontecía en USA y especialmente a lo referente a la búsqueda del terrible y cruel mandamás de Alcaeda. Se dio cuenta que era poca la información que aparecía sobre Osama Bin Laden. No le era de gran utilidad para sus fines: encontrar pistas que le ayudarán a él a dar con la solución final de la búsqueda y así poder informar a las autoridades americanas. Cada vez se ponía más ansioso, ahora no sólo por establecerse en los Estados Unidos de América, sino por llegar a ser unos de sus héroes, obtener la nacionalidad estadounidense y morir siendo enterrado con todos los honores del caso y de preferencia en el Cementerio de Arlington. Siendo así, su cáncer de colon era como para ser estimado una verdadera bendición. Pero le surgían preguntas. La primera: ¿por qué se daba tan poca información por la televisión acerca de la búsqueda de Bin Laden? La respuesta se la había dado un amigo, militar en retiro que había trabajado en los Servicios de Inteligencia en tiempos de la dictadura del General Pinochet. Le había dicho que de seguro la televisión tendría la orden del gobierno de no transmitir información para no entorpecer el operativo de búsqueda y la labor de inteligencia y que tuviera cuidado con la información que llegara a aparecer pues de seguro se trataba de desinformación para despistar. Cuando le preguntó por qué estaba tan interesado en ese tema y Fernandísimo le contó lo que la Psíquica de París le había dicho, el ex agente de la inteligencia chilena se largó a reír en su cara. El millonario y ansioso admirador de los Estados Unidos de Norteamérica, se sintió ofendido y furioso y mandó a su amigo a buena parte tratándole de "milico fascista" y recalcándole que "… ahora no te tengo miedo y puedo decirte lo que se me antoje porque ya no tienes tu siniestro poder de antes." El ex militar sin dejar de reírse y dirigiéndose a la puerta de salida le lanzó: "Desde cuándo te pusiste comunista, viejo ridículo, que aún sigues creyendo en el Viejo Pascuero." Y dio tras de sí un tremendo portazo. Desde afuera, Plaza de los Reyes aún podía escuchar las risotadas de su flamante ex amigo e incluso llegó a escuchar lo que éste pareció anunciarle a voz en cuello a algunos transeúntes que por allí de seguro pasaban: ¡"El viejo que vive allí es más huevón que los perros nuevos"! La segunda pregunta era: "Si doy con la información ¿a qué autoridad se la comunico? ¿Por dónde empiezo, por los carabineros, por el Ministerio de Relaciones Exteriores de Chile, o por el Consulado Norteamericano o por la Embajada de los Estados Unidos? ¿En el Google podrá encontrarse los teléfonos de El Pentágono o la CIA?

Sin embargo, su gran y fundamental, ineludible pregunta era ¿cómo y por qué él –Fernandísimo Plaza de Los Reyes que vivía a miles kilómetros de distancia de su querida gran nación – iba a obtener la información clave para hallar al buscado Osama Bin Laden. No recordaba que la madame Chantal se lo hubiese dicho. Por lo visto algo se le había quedado a ella en el tintero y entonces resultaba no ser tan profesional como alardeaba ser. Decidió llamarla por teléfono para que le aclarara ese cómo y ese porqué y allí se dio cuenta de que la Psíquica era sin lugar a dudas muy profesional.

_ Esa información que usted me requiere, don Fernandísimo, tiene un nuevo precio. Serían cinco millones más de pesos.

Fernandísimo se tuvo que alejar el auricular de la oreja porque el golpe al oído y al cerebro había sido casi un knock out. ¡La famosa Psíquica resultaba ser una puta de la adivinación!

_ ¡Cinco millones más! ¿No le parece mucho, madame?

_ No, no me parece. Piense, Monsieur, que es una información llamémosla privilegiada y que le abrirá a usted las puertas a una vida esplendorosa. Frente a eso y tratándose de usted, un acaudalado y respetable barón de estas latitudes, es como darle una modesta propina a una mesera de restaurant.

_ Pero usted, madame, no es precisamente una mesera de restaurant.

_ Por supuesto, Monsieur. Con mayor razón entonces.

_ ¡Glup!

Se produjo un largo silencio. Fernandísimo titubeaba para sus adentros.

_ Monsieur Plaza de Los Reyes. ¿Está usted ahí? ¿Se infartó?

_ Adivínelo si es tan adivina.

_ Sin faltas de respeto, por favor. Su dinero no le da derecho a eso.

_ Con todo respeto, pero por lo que estoy viendo mi dinero en estos tiempos me da derecho a todo o al revés, sin dinero no tengo derecho a nada.

_ Ya llegaremos a eso, Monsieur. El progreso avanza a pasos acelerados.

_Ahá… una última pregunta. ¿Por qué se guardó la información que le estoy pidiendo y no me la dijo en la sesión frente a la bola de cristal que tenía enfrente de sus narices?

_ … Porque de ser así usted no me habría llamado y yo no habría tenido la oportunidad de cobrarle otros cinco millones.

_ Al menos es sincera.

_ Toda verdadera adivina debe ser honesta, sincera y jamás mentir.

Esas palabras le devolvieron el alma al cuerpo a Fernandísimo Plaza de Los Reyes. Claro, la mujer tenía su doctrina y su ética.

_ Muy bien. Trato hecho. Le pago los cinco millones. Ahora dígame lo que le pregunté, ¿por qué y cómo obtendré yo la información acerca del paradero de Bin Laden?

_ Debe venir hasta mi consulta y con los cinco millones cash en su bolsillo.

_ ¿No confía en mí?

_ No.

Fernandísimo inspiró más aire que el habitual y lo lanzó de vuelta como un bufido de toro cansado.

_ Voy.

En la entrada de la casa, destacaba un gran letrero cuyas letras estaban diseñadas usando al parecer una mezcla de estilos caligráficos: arabesco, gótico alemán y resabios de los caracteres hebreos bíblicos. A pesar de la mezcolanza, se lograba una unidad de diseño que llamaba de inmediato la atención y que podía leerse sin dificultad: PYSCHO AND SPIRITUAL ASSISTENCE. MADAME CHANTAL FROM PARIS AND ANCIENT ORIENT AND MIDDLE EAST. Se veía que la adivina, preocupada de su marketing, no quería dejar nada afuera y que conociendo el esnobismo chileno lo había escrito todo en Inglés. Había que darle pelaje al negocio a los ojos de la idiosincrasia criolla. Tarud Arab, su mentor, empresario y explotador y amante ocasional, la había instruido. Hay que saber vender le habría dicho más de alguna vez. Todo se puede vender, pero hay que saber hacerlo bien. Hoy en día hasta el alma puede venderse y no sólo al diablo sino al mejor postor aquí en la tierra.

El estudio esotérico de la madame lucía fastuosos muebles antiguos de procedencia europea y las murallas sostenían grandes espejos enmarcados en marcos blancos de arabescas formas. Había estatuillas de ángeles, querubines, animales mitológicos y destacándose al fondo, esculpida en lo que parecía un lustroso mármol negro, se alzaba majestuosa una gran estatua de la muerte, la calavera cubierta con un manto y la guadaña empuñada en la mano derecha. La cosa aquélla amedrentaba a cualquiera. Más atrás de la muerte surgía en un primer plano una creciente luz violeta, más atrás aún emanaba una luz rosada y al final resplandecía en todo su fulgor una luminosidad alba, una luz que era más que una luz. Se acercaba a lo que podríamos imaginarnos como un destello divino. Se veía que esa producción lumínica había sido diseñada por profesionales. Por un instante, Fernandísimo pensó que tal vez la adivina contrató a técnicos en efectos especiales traídos directamente de Hollywood. Él no podía concebir que algo casi perfecto, bien hecho y rigurosamente acabado viniera de otra parte sino de los Estados Unidos de América. Su amor por la gran nación era ciego e incondicional.

_ Siéntese, por favor, señor Plaza de Los Reyes.

Se sentó frente a ella ante la fina mesa de tres patas. La bola de cristal que se interponía entre ellos era cuatro veces más grande que aquélla que la madame usaba para sus atenciones a domicilio.

_ ¡Vaya, madame Chantal, ésta sí que es grande! ¿Adivina más con ella?

_ No se haga el chistoso, señor. Está en un espacio sagrado y solemne. Aquí lo profano no cabe. ¿Trajo los cinco millones?

Fernandísimo prefirió concentrar su atención en el aroma a sándalo que le daba fragancia al ambiente. Eso lo calmó y frenó las ganas de mandar a la madame a buena parte. Abrió el maletín, puso los suculentos fajos de billetes sobre la mesa de tres patas junto a la bola. La Psíquica de París lanzó un grito propio de una mujer histérica del siglo XIX.

_ ¡Saque esa inmundicia de ahí! Páseme eso para acá mejor.

Y a una velocidad sorprendente, tomó el cúmulo de billetes y salió de la habitación diciéndole desde fuera "llevo este profano tesoro al lugar profano que le corresponde". Fernandísimo suspiró en medio del silencio y la mirada implacable de la muerte allá al fondo frente a él. ¿Su cáncer de colon lo llevaría a enfrentar en el último instante a una imagen como esa que emergería desde las profundidades del río Hudson una noche cualquiera cruzando solitario el antiguo Puente Brooklyn? Bueno, al menos no sería una muerte mediocre sino una digna de un Plaza de Los Reyes y su deceso se publicaría de seguro no sólo en el New York Times sino también en el Washington Post y por qué no también en El Mercurio de Santiago de Chile y para que nadie se enojara también en el de Valparaíso. Unas voces lo sacaron de sus cavilaciones. La primera fue una voz de hombre allá afuera con leve acento árabe. "¿Contaste bien que estuvieran los cinco exactos?" La voz de la adivina replicó enseguida denunciando que ya llevaba la friolera de años en Chile. "¡Qué te creís que soy ¿quedada en las huincha'h? Están justitos los cinco melones." Después de eso volvió a entrar la madame Chantal, con su marcado acento francés:

_ Monsieur Plaza de Los Reyes, usted discúlpeme. Reiniciemos nuestra sesión sagrada y dejemos que lo profano siga con su algarabía, caos y ruido lejos de aquí, en el desordenado mundo de los bajos deseos, las malas pasiones y las ambiciones desmedidas por la fama, el poder y el dinero.

Es muy dúctil sin duda esta mujer, pensó Fernandísimo y se dispuso a poner toda su fe en la mentira con tal de olvidar y no enfrentar la vida tal como el continuo presente se le fuera dando. Soñar futuros fabulosos y engrandecer en el recuerdo pasados que no fueron tan fabulosos es una práctica en que la mayoría de los hombres pierde el tiempo, farreándose el instante presente y tensándose por lo que desearía obtener o lamentándose por lo que en el pasado no obtuvo o por lo que fue y ya no es.

_ Tómeme las manos y mire fijo al interior de la bola.

Le cogió las manos y miró fijo al interior de la bola. Una melodía con sones de la China se empezó a oír. La adivina profirió entonces palabras de una lengua extraña. Tal vez la única lengua que se hablaba antes de la Torre de Babel, pensó Fernandísimo Plaza de Los Reyes cuya imaginación se vio estimulada por el teatral ambiente y, en consecuencia, su credulidad aumentada en proyección exponencial.

_ Zoímba lag tu, sharín camaché, Zoímba lag tu. Darna abba sharín me zim betzú, Zoimba lag tu. Utzá korbam abba sharín, abba sharinín der nosurto akahem, Zoímba lag tu. Zoímba lag tu, sharín camaché.

El discurso terminó en un grito sopránico muy largo matizado al comienzo con tonos de histeria que alcanzaron un clímax de elevadísima frecuencia para ir declinando suave y muy lentamente en una especie de melodía plañidera. Cobrar cinco millones más por el show ameritaba sin duda una producción comparable a un musical de Broadway. La irrupción inicial del inesperado grito hizo a Fernandísimo saltar de su silla y los tenues sones finales le hicieron cerrar los ojos en un sopor de niño de cuna.

_ Sueño….

_ Oh, madame, disculpe, su canto me adormeció.

_ No. Digo que me aparece el sueño. Será en un sueño.

_ Será en un sueño ¿qué?

_ La información precisa sobre el paradero de Bin Laden le llegará a usted a través de un sueño. Será un sueño nítido, más que real y lo recordará sin olvidarlo por un instante apenas abra los ojos. Con esa información usted ya es el futuro héroe de Estados Unidos de América. Apenas la tenga, lo primero que debe hacer es comunicárselo al primer policía de New York que usted vea en la calle. De allí los eslabones de la cadena se irán enlazando solos y los estadounidenses darán con el hombre que buscan. El resto sólo será gloria para usted.

El brillo que surgió en los ojos de Fernandísimo casi opacó el resplandor de la luz divina que había montado la Psíquica en su set la clarividencia.

_ Aquí veo también otros mecanismos que pudieran ser también los que lo conducirán a dar con la información. Es la acción inconsciente de la glándula pineal. De alguna manera, el tercer ojo.

_ ¿La glándula pineal… el tercer ojo?

_ Bueno, eso es muy largo de explicar. Pero, en resumen, se refiere a que usted tendrá la información sin saberlo, pero al mismo tiempo, sin saberlo también estará transmitiendo esa información a otros. Ese otro cuando la reciba, se dará cuenta de ella y también se dará cuenta de quién se la ha enviado. Si ocurre de este modo y no a través del sueño, la gloria será igualmente para usted.

Fernandísimo tuvo la sensación de haber escuchado unas trompetas emitiendo sones de triunfo. Irrumpió en su cerebro un destello de micro millonésimas de segundo en que se veía coronado con una corona de laureles, ataviado con una gran túnica blanca bordada con hilos de oro y sentado en actitud majestuosa en el pináculo del Empire State Building. Abajo a sus pies, New York con todo ese potencial energético de trabajo y diversión, de esperanzas y desesperanzas, de éxitos y fracasos, de sueños realizados y de sueños hechos trizas contra la indiferencia de los rascacielos. Fernandísimo Plaza de los Reyes, ¡emperador! Es increíble la velocidad sideral que tiene la estupidez humana para expresarse en la mente de los hombres. Y así como tan rápido llega así también se suele eternizar en las cabecitas de estas criaturas. Por más que se les ha enseñado y se les enseña no terminan aprendiendo nunca.

_ Y con este proceder del Tercer Ojo ¿me limito a no hacer nada? ¿Todo sucederá "sin que yo me mueva de mi escritorio"?

_ No tan así, Monsieur. Aunque no tenga en su mente la información, usted encárguese de mirar de cuando en vez a algún policía a los ojos muy fijamente por unos largos segundos. Es muy posible que en algunos de esos momentos la información se transmita de su cerebro a la del policía de inmediato y él se dé cuenta. Y vendrá entonces la gloria para usted.

Esta vez no le sonó a Plaza de los Reyes ninguna trompeta, pero le surgió una pregunta de fondo, piedra angular de toda la cuestión.

_ Y, dígame madame, ¿cómo diablos voy yo a saber por el medio que sea acerca del paradero de ese fanático endemoniado que jamás he visto ni en pelea de perros a no ser por las imágenes de la televisión? Y ¿por qué yo precisamente iré a tener ese privilegio viviendo a miles y miles de kilómetros de distancia de los Estados Unidos y de los países árabes a los que apenas les sé el nombre? ¿Me puede explicar todo eso?

Ella no contestó de inmediato. Hubo un silencio largo en que clavó sus ojos en los de él. Fernandísimo temió venir otra explosión por parte de ella, recibir patadas en el trasero que lo pondrían de sopetón en la calle y perder sus cinco millones. La desconfianza se abría paso otra vez tímidamente a través de su enmarañada credulidad. Los sones chinos continuaban tenues y mecedores cuando la voz de la adivina emergió de sus labios con voz y hablar serenos.

_ Existe lo que se llama el destino y la predestinación, Monsieur Plaza de Los Reyes.

_ ¿Entonces …?

_ Saque usted, Monsieur, sus propias conclusiones. Yo no le puedo decir más. Usted es un hombre inteligente.

Fernandísimo decidió las conclusiones propias que le convenía sacar. Claro, él era un hombre inteligente y lo que anunciaba la adivina para él era grandioso, glorioso, esplendente. Sin duda, su conclusión era que la mujer tenía la razón, que decía la verdad y que siendo él ni más ni menos que un Plaza de Los Reyes estaba predestinado a algo grande, muy grande aquí en la tierra y quién sabe si después en los cielos.

Cuando estuvo ya en la calle sintió que tanta luz lo cegaba. El sol pegaba fuerte en esos instantes. Ensimismado comenzó a atravesar la calzada pensando en aquel futuro glorioso que lo esperaba y recordando las formas de proceder cuando estuviera en New York. Se iba repitiendo en un casi inaudible susurro: "Apenas recuerde el sueño, contárselo al primer policía que vea en alguna calle de New York", "Buscar policías en servicio y mirarlos fijamente a los ojos por largos segundos y esperar su reacción" … "Apenas recuerde el sueño, contárselo al primer policía que vea en alguna calle de Nueva York" … "Buscar policías en servicio y mirarlos fijamente a los ojos por largos segundos y esperar su reacción" … "Apenas recuerde el sueño …" De pronto dio un imprevisto salto al sentir una frenada en seco de un auto que se detuvo violento a un palmo de su nariz. El hombre al volante asomó su cabezota de cerdo y le gritó "Cierra el hocico al cruzar la calle, viejo culiado." Fernandísimo no demoró la respuesta: "Cierre usted su bocota sucia, grosero. Le está faltando el respeto a un héroe de los Estados Unidos de Norteamérica". El cabeza de chancho le lanzó la última: "Qué tengo que ver yo con gringos culiados. ¡Este viejo está más huevón que los perros nuevos!" Y haciendo rechinar los neumáticos reanudó su carrera rajando a toda velocidad. Unos cuantos peatones que se habían detenido a disfrutar del espectáculo, se largaron a reír del "héroe americano". Fernandísimo los miró desafiante y les enrostró: ¡"Ligerito van a saber de mí… ligerito"!

Y mientras continuaba su caminar a lo largo de la calle, se detuvo ante una vitrina que llamó su atención. Se mostraba allí una serie de aparatos electrónicos, electrodomésticos y televisores. En uno de ellos, en el de más nítida imagen y gran pantalla, aparecía un joven buenmozo, de complexión atlética con una flamante escoba al hombro. Estaba siendo entrevistado por un corro de periodistas y por su gestualidad se veía que hablaba con energía, fuerza y pasión. Lo que más le asombró es que detrás del joven se veía una significativa cantidad de muchachos cada uno sosteniendo banderas chilenas que lucían flamantes, limpias como el agua de los manantiales y como dispuestas a flamear de alegría. Sin saber por qué sintió que aquella imagen era como un anuncio de un renacer de Chile. Bueno, comentó entonces para su interior, cada loco con su tema, lo que es yo, me voy para Nueva York. Y siguió su camino.

&&&&&&&&&&&

✳✳✳CAPÍTULO 13✳✳✳

Los comienzos de Simone Chantal como la Psíquica de París no habían sido fáciles en la televisión. Después de aquella primera jornada de sexo con Tarud Arab apenas rescatada de los puentes del Mapocho, tuvo que soportarle otras muchas jornadas del mismo tenor cada cual más retorcida y con fantasías sexuales inefables. El Kama Sutra pasaba a ser un manual de jardín infantil y lo peor era que para Simone todo aquello empezaba serle repulsivo. Pero ella había aprendido una expresión muy castiza, "la necesidad tiene cara de hereje". Sin embargo, entendía que no se trataba de simple necesidad de subsistencia. El hombre le había prometido éxito, fama, dinero, lujo, esplendor y todo aquello, una vez prometido, se convirtió para ella en un deseo compulsivo, en una necesidad imperiosa y agobiante, en una meta dorada que había conseguir de la manera que fuese. A pesar de su cultura europea, nunca supo que existió un tal Machiavello, pero sí entendía perfectamente eso de que "el fin justifica los medios". Como marxista que había sido en su juventud estaba de acuerdo totalmente con aquella máxima y ahora, en los umbrales mismo de la prosperidad y la riqueza, había tirado a la basura su trasnochado marxismo como quien tira un par de guantes sucios y gastados al vertedero. Ahora era alguien libre de elegir y entre todas las opciones se había decidido por el camino del soportar para después disfrutar. Había aprendido que con marxismo o sin él, que con capitalismo o sin él, con cualquier sistema que el hombre inventara, éste siempre ha sido, es y será un vendedor y un comprador. Caín y Abel de algún modo querían comprarse el favor de Dios ofreciéndoles regalos. Dios optó por preferir "comprar" el regalo de Abel y, en consecuencia, Caín se molestó y mató a Abel. Así, pensaba la madame, había empezado todo el cuento de la empresa y la competencia. Hoy no era todo muy diferente. Al que sube y está ganando hay que frenarlo y ojalá eliminarlo de la competencia. El hombre no acepta que a su hermano le vaya mejor que a él. Esto, seguía pensando, aquí y en la quebrada del ají, ahora, antes y mañana. Y en este caso su cultura europea le había informado de quien era Rousseau y, en consecuencia, sabía aquello de que "el hombre es el lobo del hombre."

Hubo una ocasión en que sintió la presencia del lobo a un palmo de sus narices. El lobo usaba turbante árabe y se llamaba Tarud Arab y estaba sentado frente a ella en un lujoso restaurant del barrio alto en Santiago. Era de noche, ella se había vestido de gala y él, la había invitado a cenar con motivo de haber tenido la primera entrevista con el productor de televisión del que dependía la aprobación del proyectado programa "Conozca su destino con Madame Chantal, la Psíquica de París." El productor había hojeado el proyecto, los había escuchado, dijo gustarle el programa en principio, pero no les había prometido nada por el momento. Momento en que se entretuvo en mirar de arriba abajo a Simone Chantal y saborearse con sus piernas aún muy bien torneadas. Durante la entrevista, Tarud Arab los miraba a ambos, al productor y a su promisoria adivina y se dio muy bien cuenta de los pasos que había que seguir. Arab conocía muy bien este negocio.

_ ¿Langostas, caviar?

_ Langosta, caviar y champagne_ respondió ella con cierta picardía y un algo de malicia en la mirada y agregó _ y el champagne francés, si vous plais.

No tenían que salirle barato a Tarud Arab sus cochinadas sexuales y sus afanes de éxito y riqueza a costa de ella. Mal que mal, iría a ser la estrella del show y ya había que empezar a comportarse como tal. Por lo demás, nunca antes había comido ni langosta ni caviar.

La música era suave, el piso alfombrado, un violinista tocaba una melodía romántica, el murmullo de los parroquianos de las otras mesas era discreto, prudente. No era lugar de estridencia sino sitio de refinamiento y gobelinos con motivos ecuestres del más notorio estilo británico adornaban los muros. Los asientos muelles y confortables estaban tapizados con sedosa tela estampada con los mismos motivos ecuestres de los gobelinos. Del centro de cada mesa emergía una lámpara de bronce con la forma de la cabeza de un caballo lanzando un relincho al cielo y la luz que difundía iluminaba tenue, discreta e íntima. Era una atmósfera para dos y para dos que comulgaran muy estrechamente entre sí.

_ Tarud, ¿cómo se llama este restaurante?

_ Equus, mi francesita.

A Simone ¿le pareció escuchar un relincho desde algún parlante escondido como parte de la decoración y de paso como slogan publicitario?

_ ¿Qué te pareció Di Giorgio?

_ ¿Di Giorgio?

_ El tipo con que hablamos hoy. El productor del canal de televisión.

_ Ah, sí…Bueno, gordo y calvo. Falsete, me pareció también.

_ Bueno, francesita, vas a empezar a aprender a que te guste. El tipo es importante. Es fundamental para nuestro proyecto.

Cuando ella frunció el ceño como única respuesta, llegaron dos mozos con exquisiteces para un aperitivo de reyes. Otro se acercó en un carrito para exhibir la langosta con el fin de ser aprobada por sus gourmets y otro más mostró el champagne francés destacando la etiqueta del envase con idéntico fin. Recibido el gesto de aprobación de parte de Tarud Arab quien inclinó la cabeza ceremoniosamente en señal de aprobación, los mozos se retiraron para volver en el momento apropiado con los manjares prometidos.

_ ¿Por qué tengo que verme obligada a que me guste ese tipo tan repulsivo?

_ Porque, francesita, él decide quién aparece en pantalla y quien no y además por esto otro….

Se quedó unos minutos en silencio que hizo a Simone esperar ansiosa la respuesta. Él en el ínterin se sacó los mocasines empujando el uno y el otro con cada pie y estiró una pierna con su pie descalzo hacia las piernas de ella. Simone recibió como respuesta, no palabras salidas de la boca de Tarud, sino su pie casi incrustado en su vagina. El largo del fino mantel y la intimidad de la iluminación ocultaron el atropello.

_ ¡Oh, pero…!

_ ¿Captas el mensaje?

_ No me gusta tu estilo.

_ Te tendrás que acostumbrar, francesita. En el mundo en que nos vamos a mover el estilo es éste- y movió el dedo intruso sin decoro alguno- Solo hay rating, dinero y fama y si no, una patada en el culo, pobreza y olvido.

_ Eres muy filosófico. ¡Saca tus sucios calcetines de mis calzones!

Tarud accedió.

_ Si lo que me quisiste decir es que debo ir a la cama con ese barrigudo cabeza bola de billar, temo desilusionarte, pero ¡no lo haré!

_ Si no lo haces, el sueño dorado se hará pompa de jabón y luego plop_ respondió Arab con los dientes apretados y en un susurro rápido y volviendo a incrustar su dedo gordo entre las piernas de ella y esta vez no sólo sin decoro, sino con intencional y notoria violencia.

_ Me haces daño.

_ Ja, perra siútica, estás hablando como en las novelas.

_ ¿Esto llamas tú una cena de celebración?

_ Mira, francesita, ahí traen ya la langosta.

Traían en efecto la langosta y los demás manjares y el champagne incrustado en los cubos de hielo que colmaban el baldecito de plata. Era la cena de la Caperucita Roja en la fiesta palaciega de la Cenicienta siendo cortejada por el lobo.

_ ¡Oh, los señores, no han probado ni un bocado del aperitivo! ¿Lo retiramos?

_ No, póngalo debajo de la mesa.

Tarud retiró su pie del cálido lugar en que estaba más luego que tarde.

_ Perdón… ¿cómo dice, la señora?

_ Nada. No me haga caso, era solo una broma. Déjelo todo aquí, por favor. Entre nosotros solemos mezclar las cosas.

Los mozos se retiraron y la langosta se quedó allí esperando ser consumida.

Tarud Arab escanció un poco de champagne en cada una de las copas de fino cristal tallado.

_ Por nosotros, mi adivina de París. Desde ahora tú y yo somos uno y ese uno que ahora somos heredará el reino del dinero, la fama y el esplendor.

Simone apuró el trago hasta el seco con escandaloso ruido de torrente bajando por sus fauces.

_ Por todo eso que dices, Arab, pero yo con el tipo de la televisión no me voy a acostar.

_ No, con él sólo no, querida, Tendrá que ser con varios más. Tres más al menos. Conozco bien ese negocio.

_ Eres un cerdo.

_ ¿Te parece? ¡Salud!

Como si fuese ésa la última cena, comenzaron a compartir la langosta en un ritual de absoluto silencio. Algo flotaba en el ambiente mientras al fondo el violín seguía cantado plañidero su dulzona melodía. Había quedado pendiente entre ellos una respuesta contenida. Algo sentían que se aproximaba que tendría que expresarse definitivamente, el todo o nada. O el comienzo de una aventura hacia horizontes dorados o el fin de los anhelos. Para Tarud Arab, un negocio más fracasado y para Simone, su vuelta a la libertad bajo los puentes del Mapocho. Tarud apuró tres sorbos de champagne y le sirvió a ella hasta el borde de la copa. El silenció dejaba oír el burbujeante contenido vertiéndose dentro de las copas y hasta el gorgoteo de las burbujas. Ella bebió todo el contenido de una sola tirada. Arab la miró de soslayo con verdadera satisfacción y volvió a llenarle su copa. Ella no se demoró en bebérselo todo otra vez. Arab nuevamente le sirvió champagne siempre hasta el tope. Ella bebió nuevamente siempre hasta el fondo. Entonces, el lobo con turbante pidió otra botella más. El arsenal solicitado fue traído con presteza, preservada la bomba en la frialdad del hielo granizado. A su vez la langosta iba desapareciendo de a poco incorporada a sus fauces y estómagos ávidos. Entre tragos y bocados, ella le daba y le daba vueltas a la idea. ¿Acostarse con varios a la vez para hacerse famosa y rica? Si al menos fueran de su gusto, pero el ejemplar que había conocido le era repulsivo. Los otros podrían ser peores. ¿La dignidad? ¿Qué es eso de la dignidad? ¿No será tan sólo una palabra con prestigio pero que no apunta a nada? Y si la dignidad existiese y yo no la tuviese ¿me moriría acaso por eso? Una se muere sin pan ni agua, pero ¡sin dignidad! Bueno, está el qué dirán. Pero acaso ¿alguien vive del qué dirán? La mayoría en este país de ovejas, pero siguen vivitos y coleando igual digan lo que digan. Por lo demás, la gente siempre dice cosas por estas aguas va y por estas aguas viene. Ahora bien, esto es muy serio y por lo tanto debe ser tenido muy en cuenta: hay un Dios que nos mira. En este punto de sus reflexiones, Simone se quedó con un trozo de langosta detenido dentro de su boca. El impacto de la magna aseveración le impidió deglutir. Transcurrieron varios segundos de suspenso y luego saltó a su mente la imagen de ella misma vestida de reina y aclamada por una multitud de brujas jóvenes de narices ganchudas, pero todas hermosas vestidas con mantos blancos de seda, rubias y de ojos azules. Esto le permitió tragar el trozo de langosta retrasado en su boca y continuar adelante con sus disquisiciones. Sin embargo ¿nos mirará Dios realmente? ¿Tendrá tiempo para hacerlo? ¿Tan interesado estará en nosotros que está dispuesto a perder su tiempo en eso? Y ¿cómo podrá mirarnos a todos y a cada uno a la vez si la humanidad es una muchedumbre que escapa a la capacidad de todo censo? ¿Entonces Dios es un ocioso y un indolente? ¿Cómo ve tanta tragedia aquí abajo y no hace nada por evitarla con todo el poder que dicen que tiene? Y, en definitiva, ¿existirá Dios realmente? Oyó la voz de Arab diciéndole salud. La sintió lejana y lo vio a él igualmente lejano y borroso. ¿Cuántas veces le habrá dicho salud? Sintió que ya era hora de la respuesta. O los puentes del Mapocho o el trono de las brujas. Simone hizo un esfuerzo por fijar los ojos en los de él, alzó su copa con equilibrio precario lo que la hizo derramar un poco de champagne en el mantel. Alegría, alegría dijo Tarud esperanzado en oír una buena nueva de parte de ella. Entonces Simone le dijo: "Por nosotros, mi Dios y mentor, por tu y yo dueños del mundo. Me acostaré con todos lo que sean necesario, pero tú y yo siempre por encima de los demás. Los dos somos una raza superior." Y se bebió el champagne saboreándolo hasta la última gota. Lo rubricó todo inclinándose hacia él y besándolo en la boca con el zarpazo de un beso de serpiente introduciéndose en su garganta. Surgió entonces un buen augurio, una señal ¿divina? En esos precisos instantes, el violín se silenció y los sones de una alegre orquesta llenaron de festivas burbujas el recinto con las notas de "porque es un buen compañero, porque es un buen compañero y ¡nadie lo puede negar!". Ella lanzó enseguida una carcajada alegre echando su cuerpo hacia atrás con flexibilidad de contorsionista y casi gritando anunció para que todos la escucharan:

_ ¡El champagne tuvo la culpa!

Y Tarud Arab:

_ ¡Bendito sea el champagne!

Hubo aplausos, pero fueron un misterio. Nunca supieron si se debieron a la irrupción alegre y festiva de la orquesta que había acallado el aburrido lloriqueo del violín o si fue una manifestación de júbilo hacia ellos. Optaron por quedarse con la última razón.

Después vinieron los postres, los bailes, los bajativos y la cuenta.

_ ¡Uuuh…es estratosférica!

_ Extra estratosférica, mi francesita.

_ Tarud, ¿de dónde sacaste tanto dinero?

_ Hay veces que ando trayendo. _ y cerrándole un ojo continuó _ La droga, mi amor. Es sólo un negocio esporádico, no quiero despertar sospechas.

Dicho esto, la ayudó a ponerse el abrigo y aprovechó de susurrarle al oído con un tono sutil, muy cortésmente amenazador: "Con lo que te acabo de decir ya estás irremediablemente unida a mí. No tienes escapatoria, Madame Chantal, ¿Te das cuenta lo mucho que confío en ti, dulzura?" El lobo había concluido su magistral tarea y la Caperucita se había internado definitivamente en el bosque.

Al fin salieron. La noche estaba fresca con aromas de primavera. Tarud Arab respiró hondo y exclamó "la naturaleza es nuestro cómplice, mira cómo nos recibe la noche". Al cruzar la alfombra roja del restaurant, el muchacho de uniforme que oficiaba de cicerone a la entrada del fastuoso recinto, se atrevió a decirle:

_ Señor, parece que dejó sus zapatos dentro del restaurant.

&&&&&&&&&&&&

CAPÍTULO 14

Llegamos directo a la ducha. Había que limpiarse los cuerpos y las conciencias. Antonieta se abrazó a mí mientras nos caía la lluvia de agua fría, refrescante. Estuvimos así por largo rato sin decirnos palabra. Ella sabía lo que yo pensaba y yo sabía lo que ella pensaba. Habíamos dicho "éste es mi primer crimen" en un lapsus linguae que se nos había escapado a ambos casi en el mismo instante y por razones idénticas. Nos referíamos al segundo crimen que cometeríamos yo en la persona de ella y ella en la mía. ¿Será el destino un diseño matemático y prestablecido con intensión y alevosía? Porque sin duda la futura muerte de Fernandísimo Plaza de los Reyes significaba en el corto plazo subsiguiente a su partida o mi muerte o la de Antonieta. Todo dependía ¿del destino? O ¿del talento criminal de cada cual? Tomé el jabón y comencé a jabonarle la espalda.

_ Antonieta ¿qué hacemos con los muertos?

_ Nada. Es problema de ellos. Que se las arreglen solos.

Me asustó su respuesta. Denotaba a las claras que ella tenía más talento criminal que yo.

_ Pero, ¡y la policía!

_ No te preocupes. Si los encuentran sabes perfectamente que los muertos no hablan.

_ Pero la policía investiga. Habremos dejado huellas seguro.

_ Sí, pero despreocúpate, ya encontraremos una coartada. Ahora quiero que me hagas el amor bajo el chorro de la ducha.

No me lo esperaba. Simplemente no procedí.

_ Antonieta, lo siento. No puedo. De veras no puedo.

Ella se paseó la lengua por sus labios y cogiéndome una mano me la dirigió a su pubis. Comenzó con gemidos bajitos y movimientos ondulantes de sus caderas.

Yo continué sin proceder.

_ Antonieta, no… no hay caso. Por más que quiero no hay caso. Esto no reacciona y mi cabeza tampoco.

Caía en la cuenta de que si uno quiere hacer el amor no se debe haber matado a un ser humano antes. Es como eso de que jamás hay que meterse al agua recién almorzado, puede sobrevenir un calambre. Matas a uno de tus congéneres y te viene el calambre de la frigidez y la impotencia. Esperaba que fueran síntomas transitorios. Colegí que aquello no les sucedía a las mujeres. Bueno, al menos no a Antonieta.

_ Ricardo, me dejas frustrada. Me habría servido para relajarme.

Para el cuento de terror que habíamos vivido y los crímenes que habíamos cometido, yo ya la encontraba a ella bastante relajada. ¿Para qué quería más?

_ Me imagino que no se lo contaremos a Fernandísimo.

_ ¿Contarle qué?

_ Pero, Antonieta, por Dios ¿cómo que qué? ¡Acabamos de matar a dos personas!

_ ¡A dos personas que querían matarnos a nosotros!

_ Pero eso no significa que …

_ Ah! En todo caso se me acaba de olvidar. ¿Hemos asesinado a alguien? ¡Ricardo, estás delirando! Tú y yo acabamos de llegar de un paseo por Júpiter. Fuimos abducidos por una nave espacial por algún tiempo y nos pusieron de vuelta. Eso le contaremos a Fernandísimo.

_ Antonieta ¡bromeas!

_ No, hablo muy seriamente. Fernandísimo Plaza de los Reyes es de los que se traga cualquier cuento como la mayoría de la gente en este planeta.

_ Pero ¡para qué le vamos a decir tamaña mentira! Es absurdo.

_ Puede ser una excelente coartada ¿no lo has pensado? Mientras más absurdas sean las razones que una defienda más respetables las consideran. Ricardo, convéncete, vivimos rodeados de un rebaño de ovejas bastante estúpidas.

_Antonieta ¡qué manera más despectiva de considerar a tus congéneres!

_ No son mis congéneres, Ricky, yo…

_ Por favor, ¡no me llames Ricky!

_ Como sea, yo soy de otro planeta.

Lanzó una risita ¿tonta?

_ Soy de Júpiter. Y ya, apurémonos. Vistámonos para ir a visitar a Fernandísimo. Tenemos que sacarle la información de cuándo viajará para New York. ¡Que no se nos escape la presa!

Se dirigió a la otra habitación mientras yo me secaba con la inmensa toalla roja en que lucía estampada la para mí desagradable cara del Che Guevara. Ciertas preferencias de Antonieta me eran insoportables y, sin embargo, las soportaba como un Cristo en el calvario. Mientras me secaba el trasero pensando en que el Che me lo iría morder, me pregunté si después de asesinarla mis pequeños calvarios irían a terminar o me sobrevendría uno solo muy grande y demoledor.

Ella se volvió y asomándose a través del umbral me ordenó:

_ Apúrate que se nos hará tarde… Ricky.

¡Dios mío, qué mujer! Aún no me quedaba claro si merecía ser o no ser.

&&&&&&&&&&&&&&&&&&6

CAPÍTULO 15

Apenas entramos a la casa de Fernandísimo, lo hallamos sentado en uno de sus señoriales sillones frente al televisor. Pantalla enorme, definición que sobrepasaba la nitidez. Un joven empuñando una escoba la alzaba en actitud guerrera y cientos de otros jóvenes detrás hacían lo mismo con sus propias escobas vitoreando y gritando consignas acerca de un Chile nuevo, limpio de basuras.

_ Es segunda vez que veo este tipo por la televisión. Hace poco lo vi de pasada frente a la vitrina de un negocio. Curioso el joven. Me suena diferente al típico político o al activista de siempre. Pero, por favor, siéntense. Son bienvenidos como siempre.

Cuando terminó de decir esa última frase, tuve la impresión de que su perro, Míster Bob, entendía el lenguaje humano y muchas cosas más pues apenas Fernandísimo pronunció la palabra bienvenido, el animal gruñó expresando lo que para mí sonó a un sentimiento de molestia y desaprobación. Me di cuenta de que mi agudeza de percepción y mi intuición se habían incrementado notoriamente. ¿Habrá sido por ser abducido a Júpiter?

_ Mi querido Fernandísimo, le tenemos que contar algo que difícilmente lo va creer_ comenzó Antonieta guiñándome a espaldas del viejo un ojo y fulminándome con una mirada de severa advertencia.

_ Mi bella dama, estoy dispuesto a creer cualquier cosa después de oír a alguien lo que me dijo respecto de mi destino. ¡Estoy feliz!

Las palabras de nuestro potentado amigo nos asustaron de golpe. Antonieta me lanzó una mirada de sorpresa y preocupación y yo se la devolví de igual modo. ¿Por qué tan feliz? ¿A qué se refería con eso del destino? Cuando hablamos del destino siempre nos estamos refiriendo preferentemente a nuestro futuro. ¿Le habrían anunciado un buen futuro? Según cómo se mire la cuestión, un buen futuro puede ser la muerte si creemos que la muerte es el paso a una vida mejor, más plena y eterna. Pero esa creencia es cada vez menor. Hoy en día preferimos creer que un buen futuro significa que tendremos larga vida a no ser que seamos extremadamente pobres y estemos aquejados de una enfermedad muy dolorosa e invalidante. ¡Santo cielo, promesa de una larga vida! Y ¿qué de su cáncer al colón? ¿Le habrán descubierto que ese cáncer desapareció por magia divina o por lo que sea? Antonieta debió ser actriz. Pletórica de gozo le dijo:

_ ¡Fernandísimo, qué alegría más grande! ¡No me digas que descubrieron que ya no tienes más ese cáncer de colon!

Antes de la contestación de Plaza de Los Reyes se dejó escuchar de inmediato el gruñido de Míster Bob. Al parecer, el perro con su poderoso olfato olfateaba la mentira. Míster Bob podría ser perfectamente un perro policial pensé.

_ Lo siento, mis queridos amigos, pero no les puedo decir nada. Es algo grandioso, pero no es el momento que ustedes ni nadie lo sepan. Ya llegará la oportunidad en que ustedes se enteren de todo. Merecerían ser los primeros, sin duda.

La respuesta de nuestro amigo nos dejó peor. En esos instantes se había cernido la sombra de la duda y la incertidumbre en nosotros. ¿Seguiría presente en sus tripas la llave que nos podría abrir las puertas a la riqueza? Y si no ¿cuánto más tendríamos que esperar? Y a raíz de esta última pregunta me asaltó otra inquietud. Acabábamos de vivir una terrible experiencia en que bien pudimos haber sido asesinados. Así las cosas ¿acaso no podríamos morirnos nosotros antes que él? Todo puede suceder y este "todo puede suceder" me infundió aún más angustia y tensión. ¿Quién podría asegurar que Fernandísimo Plaza de los Reyes estuviera inclinado a dejarnos a Antonieta y a mí como herederos? Familiares desconocidos e inesperados aparecen a última hora en los funerales o incluso pocos días antes de la muerte durante la agonía. Por lo general se trata de un hijo bastardo del que nunca nadie oyó hablar ni siquiera el propio acusado de esa paternidad y que con todas las mañas de abogados y leguleyadas del sistema, logra demostrar que el moribundo es su padre. ¿Agonizar? Y

¿quién dijo que todo el que muere agoniza primero? ¡Existe la muerte súbita, el infarto fulminante, el maremoto, el terremoto, el atentado terrorista, el asalto a mano armada con resultado de muerte! ¡Plaza de Los Reyes también puede irse de esta vida como cualquiera sin previo aviso y sin haber dejado arreglado todos sus asuntos! Sentí un ardor intenso en el estómago y, empecé entonces a considerar que no se puede vivir así, esperando siempre algo mejor para que nuestra vida sea mejor. En el interín de esa vida no se vive, se sufre.

_ Bellísima Antonieta, cuénteme qué es eso increíble que vivieron que me anunció que me iría a contar.

En la pantalla del televisor, el apuesto joven de la escoba enfocado en un primer plano en que se alcanzaba a ver parte del utensilio de aseo sostenido contra su pecho, decía frases como "… lo que se necesita es unidad de pensamiento, decisión y acción…" "… la acción necesaria es no conferirle poder a los corruptos que ahora lo ejercen sobre nosotros; el que tiene poder sobre mí es porque yo se lo he dado…" "… y en este sentido, la acción no es la violencia, condeno la violencia desde todo punto de vista porque el poder de estos corruptos sobre los chilenos honestos y decentes, eso es violencia…" "…así, pues, la acción a tomar no es la violencia sino la desobediencia…"

Apenas Antonieta abrió la boca para acceder a la petición de Fernandísimo, la tuvo que cerrar, pues éste le hizo una seña para que no hablara; quería escuchar al tipo que aparecía en la televisión. Las palabras del patriota de la escoba – así lo rotulaban subtítulos que se deslizaban bajo de la imagen- continuaron. "…Violencia no, desobediencia sí…" "…Compatriotas, piensen: le quitamos poder a Dios sobre nosotros desobedeciéndole ¿se dan cuenta qué grave? ¿Sabían ustedes que hubo momentos en la vida de Jesús en que no pudo operar sus milagros de sanación simplemente porque la gente no creyó en ÉL, no tuvieron Fe en ÉL y así le quitaron el poder que Jesús tenía sobre ellos para que los sanaran? ¿Se dan cuenta qué grave? Y más grave aún, chilenos, no dudamos en tener fe en políticos corruptos con ideologías torcidas, demostradas como fracasadas por la historia, sin embargo, así y todo, les conferimos el poder sobre nosotros para que destruyan nuestra calidad de vida, para que se burlen de nosotros en nuestras narices, para que gocen de privilegios que ellos mismos se otorgan y para que conviertan a Chile en un vertedero de corrupción, ignorancia, abuso y violencia delictiva y social. ¡Los insto a tener el juicio despierto, a DESOBEDECER para que así pierdan su poder y se vayan a donde mejor quieran! ¡Todos esos se verán mejor en sus casas, se los aseguro!" Risotadas desde la pantalla.

_ Interesante el individuo aquél. Pareciera bien inspirado. ¿Notaron que tiene algo de místico?

Sí, dijimos Antonieta y yo con la cabeza.

_ Bueno, cuéntenme qué fue ese algo increíble que les pasó.

Bajó el volumen del televisor y se dispuso a escuchar. Pensé que Antonieta se había arrepentido de la locura de mentirle con el cuento de la abducción y de Júpiter, lo que me alegró bastante. Ella titubeó, esbozó un murmullo inteligible y luego se quedó callada. La voz del patriota de la escoba se escuchaba apenas con el volumen tan bajo y algunos ladridos inesperados que emitió Míster Bob. ¿Le estaría comunicando a su amo que tuviera cuidado con la mentira que le iría a echar Antonieta? Me atrevo a decir que sí, pues apenas el perro terminó de ladrar, Antonieta comenzó a mentir.

_ Fernandísimo ¿a usted no le extrañó que pasaran tantos días sin venir a visitarlo?

_ ¡No!

Un silencio.

_ Ah, bueno… De todas maneras… Habíamos regresado del lago y nos dirigíamos en el auto hasta su casa porque considerábamos que habíamos sido descorteses con usted al dejarlo abandonado un fin de semana sin siquiera haberle avisado, cuando…

_ Yo nunca estoy abandonado…

Otro silencio.

_ …Mi fiel Míster Bob me acompaña todo el tiempo.

Míster Bob se acomodó aún más tendiéndose delante de Fernandísimo y apoyando su cabezota en los zapatos de su amo.

_ Ah, bueno, sí… de todas maneras… El asunto es que avanzábamos por el camino que serpentea el lago cuando de pronto….

Me di cuenta que Antonieta iba por mal camino. Si hablaba de haber estado en el lago y de conducir por el camino que lo serpentea, su coartada no tendría nada de coartada. Me decidí a intervenir.

_ Antonieta, algo te pasó en el cerebro. ¿No te lo abran modificado en Júpiter?

Fernandísimo dio un respingo y puso los ojos de huevo frito.

_ Querida, hace muuucho, muuucho tiempo que no vamos al lago. Recuerda. Veníamos de la cordillera por el camino de San José de Maipo. ¿Cómo se te pudo haber olvidado?

_ Ah, sí, sí… deben haber sido los de Júpiter.

Otro respingo de Fernandísimo y esta vez los ojos desorbitados.

_ Bueno, el asunto es que veníamos por ahí, por donde dice Ricardo, cuando de pronto una luz intensa, de una claridad, brillo, potencia y resplandor nunca antes vistos que nos enceguecíó y… ¡bum! ¡fuimos abducidos!

Último respingo de Fernandísimo, los ojos como huevos fritos, salidos de las órbitas, la boca abierta y la lengua afuera como un ahorcado que cae violento colgado de la soga.

Sobrevino un silencio largo. De fondo, muy apagada, aún la voz del patriota de la escoba. Cuando el rostro del millonario volvió a la normalidad, preguntó:

_ ¿Júpiter? ¿A qué se refiere? ¿Júpiter son unas termas en el Cajón del Maipo? ¿Abducido es el término de marketing que se usa para indicar pasar una temporada en esas termas? Me parece ingeniosa la publicidad.

_ No, Fernandísimo. Júpiter es un planeta de nuestro sistema solar.

_ Ya lo sé, Antonieta, pero pongamos las cosas en orden. Me imagino que no me están diciendo que fueron abducidos en el Cajón de Maipo y que los llevaron a dar un paseíto por Júpiter. ¡Sé que se habla de muchos avistamientos en el Cajón del Maipo, pero…!

_ Así fue…que te lo diga Ricardo… vino la luz, nos elevó con auto y todo, nos vimos enseguida dentro de una nave muy distinta a como se ve en las películas y más tarde estuvimos pisando Júpiter.

_ Pero ¿cómo supieron que eso era Júpiter?

_ Bueno, ellos son como los del Rotary Club de aquí. En algo que podríamos entender como un aeropuerto, tienen un monolito que adopta según quien lo lea el idioma del caso. Apenas lo miré, apareció la leyenda "Bienvenidos a Júpiter" e inmediatamente debajo de esa frase decía "Dar de sí sin pensar en sí". Son muy adelantados, altruistas y civilizados.

_ ¡Vaya, vaya! ¿Cómo sabía usted que yo soy rotario, Antonieta? Lo saben solamente mis amigos rotarios.

_ Bueno… ¡todo se sabe por ahí, Fernandísimo!

_ ¡Ah, sí, ah! ¡Curioso! Mañana capaz que sepan cuánto dinero tengo en el banco.

_ Bueno, eso también…

Antonieta frenó de golpe. El exceso de espontaneidad casi la traiciona. Pero el peligro no había pasado.

_ ¿Por qué se queda callada? Termine lo que comenzó a decir, amiga mía. "Eso también…" ¿qué?

El hábito de vivir en un mundo de mentiras nos hace rápidos y duchos en salvar situaciones en que es preciso evitar que se sepa la verdad a toda costa. Es un empeño histórico de la humanidad y, Antonieta por supuesto, es una fiel representante de la humanidad.

_ Bueno, eso también podría ser posible, quise decir. Pero, ¡por Dios, Fernandísimo quién osaría tal falta de respeto e intromisión!

_ Alguien muy interesado en mi fortuna.

No me queda claro si yo soy algo paranoico, pero me dio la sensación de que Fernandísimo Plaza de Los Reyes lo dijo con una intención muy directamente dirigida a nosotros y con un matiz de suspicacia e ironía para que nos quedara muy claro que él no era un tonto. Hubo otro silencio en que Antonieta sólo dijo "¡Ah!". Luego otro silencio más en que nadie movió un músculo hasta que Felirnandísimo rompió el clímax.

_ Y ¿qué aspecto tienen esos de Júpiter?

_ Igualitos a nosotros, Fernandísimo, igualitos _ la ductilidad de Antonieta era asombrosa _ Más altos eso sí. Hay hombres y mujeres y algunos que parecían ser de un tercer sexo no muy definido según mi apreciación. Las mujeres son bellísimas y los hombres muy atractivos y varoniles. Los del tercer sexo, llamémoslos así, eran inquietantes…y

… y … de alguna manera misteriosa excitantes… frente a ellos uno o una perdía un poco su identidad… no sabía si excitarse cómo mujer o cómo hombre. Fue una experiencia muy extraña. A ti te pasó lo mismo, ¿verdad querido?

_ No exactamente, mi amor. Yo me fijé sólo en las mujeres.

_ ¿Te das cuenta, Fernandísimo? Ricardo es un machista redomado. Siempre quiere dárselas del macho recio y cabrío incluso cuando organizamos esas experiencias eróticas colectivas de las que te hemos hablado y a las que tú nunca has querido asistir.

Noté que Antonieta estaba embalada en la mentira y que incluso mientras la contaba empezó a creer en ella. Lo cierto es que la entendí. Creer en lo que es falso es sólo cuestión de palabras y buena disposición. Se afirma que "al principio fue el verbo" y algunos aseguran que este mundo es sólo una ilusión, una mentira. Es decir que el día en que Dios deje de hablar o de escribir ¿todos vamos a desaparecer?

_ ¡Te das cuenta de lo que nos pasó, Fernandísimo! ¿Qué opinas? Esto es para que salga en todos los diarios y en la televisión. Tú tienes contactos con la prensa. Podrías ayudarnos a difundir nuestra experiencia. Le haríamos un favor a la ciencia y de paso, un favor a nosotros mismos. ¿Qué dices?

_ ¡Que no!

Comprobé que Antonieta perdía su agraciado rostro cuando puso los ojos como huevos fritos.

_ ¿Qué no? Pero ¿por qué no, mi amigo del alma?

_ Porque no estoy dispuesto a hacer el ridículo. Nadie se va a creer ese cuento ni menos aun creyéndolo lo aceptarían. El hombre no está dispuesto a perder su protagonismo. Acuérdense de lo que le pasó a Copérnico.

_ Pero tú sí nos crees ¿verdad?

_ ¡No!

_ ¿¡Nooo!?

_ No. Es como si le creyera a alguien que me hubiese asegurado que yo me convertiría en el héroe máximo de los Estados Unidos porque gracias a poderes mentales que poseo y de los que jamás me he dado cuenta, les daré la información de dónde está oculto Osama Bin Laden.

_ Pero, Fernandísimo, eso de los poderes mentales es perfectamente posible. Todo puede llegar a suceder en este mundo.

_ Yo pienso que no. Hay que ser tonto para creerlo, tanto como para creer el cuento de tu abducción.

_ ¿Me estás tratando de mentirosa?

_ No, mi hermosa amiga, simplemente de juguetona.

_ Pero de verdad ¿alguien te dijo que tenías poderes mentales como para saber dónde está ese Bin Laden?

_ No, nadie.

Enseguida, Plaza de Los Reyes tomó un libro, lo abrió al azar y me pareció que fingía concentrarse en su lectura. Hundió su cabeza en él. Se hizo un silencio larguísimo. Sentí que entre los tres sospechábamos el uno del otro.

&&&&&&&&&&&&&&&&

CAPÍTULO 16

Muy de noche, Fernadísimo Plaza de Los Reyes bajó con pasos lentos uno a uno los interminables escalones de la escalera que lo condujo a lo más profundo de su subterráneo, al tercer subterráneo. Allí había montado un templo mezcla de elementos paganos y cristianos. Era un pequeño templo, su cámara de reflexión. Así lo llamaba para sí mismo, pues nadie sabía de la existencia de ese lugar. Al contrario de la parafernalia lumínica y decorativa del estudio de la Psíquica de París, aquí el ambiente era de recogimiento, intimidad, de luces tenues, de fragancias suaves, de figuras serenas, estáticas y eternas en el tiempo. En lo que podría llamarse el altar, bajo la cruz cristiana –solamente la cruz- había un gran espejo de finísima luna enmarcado en el dorado de el oro. Enfrente, un sillón también dorado, tapizado en un noble color rojo de fina felpa. Fernandísimo Plaza de los Reyes se sentó en él y con mirada calma, los párpados relajados, lento y tranquilo el respirar, comenzó a mirar la imagen que de sí mismo le devolvía el espejo. Permaneció así por mucho tiempo hasta que la máscara de su rostro se empezó a relajar al punto que casi insensiblemente desapareció. En vez de ella, vio al fin su verdadero rostro. Un rostro tranquilo, de mirar triste y profundo, sin vestigios de vanidad ni miedo ni rabia, pero con una prístina expresión de pregunta, de pregunta permanente y fundamental. Le surgía a través de los ojos y le venía desde los más hondos subterráneos de su corazón. Oí que comenzaba a hablar y yo decidí escucharlo:

"Señor de lo Altísimo, TÚ que todo lo creaste y me creaste, porque me conoces dime quién soy. Creo saber que la imagen del espejo no es más que la mentira de mí ser y que yo sentado aquí mirándome soy otra mentira de mí mismo. Quiero saber la Verdad. Busco esa Verdad y pareciera que tú te empeñas en ocultármela. Dime, el mundo que vivimos ¿es una verdad o es una mentira? ¿En qué creer, mi Dios? Ya lo sé, he de creer en TI. Pero ¿dónde estás tú? ¿Qué parte de este mundo eres tú? O, mejor, mi Dios ¿qué parte de este mundo es expresión de tu existencia? Porque TÚ eres toda y la única verdad ¿qué de este mundo viene de TI? Lo que venga de TI eso es parte de TI y eres TÚ el que TÚ eres, porque así como una gota de agua del océano contiene todo el océano, así una porción de tu SER contiene todo tu SER. ¿Qué es verdad y qué es mentira sobre la Tierra? Quiero saberlo para tomar la decisión correcta, para enmendar mis pasos por caminos rectos, para saber qué desear y no desear, qué hacer y no hacer. Dime, Señor de lo Altísimo, Arquitecto Universal de la Existencia y de la Vida ¿es verdad el poder de los poderosos sobre esta Tierra? ¿Son verdades la majestad de los Reyes, la nobleza de los Príncipes, la Santidad del Papa, el poder de los dictadores, la autoridad de los políticos, la justicia de los jueces, la belleza de las Misses del Universo, el poder del dinero, el prestigio de los famosos, la balanza y el golpe de mallete de Wall Street? ¿Es auténtico el valor del dinero, el poder y la fama? ¿Son riquezas que TÚ pusiste en el mundo para que el hombre se afanara por ellas? O ¿son simplemente antojos del hombre que le da valor a todo lo que brilla y a todo lo que lo hace aparecer tan importante como TÚ? ¿Quién está más cerca de TI? ¿El súper-gerente sentado en la oficina del piso más alto del Empire State Building o el más sucio de los vagabundos que pordiosea tendido en la acera rodeado de trapos sucios? Respóndeme… Sólo escucho tu silencio… ¿Es tu callar acaso una respuesta? Porque si es así no logro entenderla… Me angustio, Altísimo, porque hay un algo misterioso que me dice que TÚ existes y que hay un modo de estar en esta tierra que se ajusta a tus deseos y a tu voluntad. Un modo de ser que miras con buenos ojos. Pero si no sé cuál es la Verdad ¿cómo sabré cómo es ese modo de ser? Hay tanto ruido en este negocio de la vida por estos lados del Universo que los oídos se ensordecen y no logramos oírte y nos confundimos. Son tantos los que hablan y predican, los que cantan y tamborilean ritmos frenéticos, los anunciadores, los vendedores, los prometedores, los que animan el show, los que se adjudican el enseñar, los que te señalan caminos, los que te dicen cuáles son los logros de moda que hay que alcanzar, los que te menosprecian por no lograr esos logros, los que te enseñan a leer de cierta manera y a escribir de cierta otra. ¡Son tantos los que hablan en tu nombre y te presentan con tantos rostros diferentes que no te alcanzamos a ver por parte alguna! Y entonces nos aferramos a mentiras para creer que son verdades y con esos frágiles bastones damos pasos por esta tierra para caer en la ilusión que le estamos dando el sentido correcto a nuestra existencia. Oh, mi Altísimo, siento que hay una pugna entre TÚ y este mundo y eso me tiene agotado. ¿Por qué, dime TÚ que se supone eres Todopoderoso, dejas que en este enfrentamiento te gane el mundo? O ¿es que el mundo no te está ganando y por querer suplantarte y ocultarte y negarte estamos fatalmente condenados al final a un exterminio absoluto? Y ¿hay un final de nunca jamás o todo irá a ser siempre una infinita comedia de absurdos? … Porque sólo logro sentirte, pero ni verte ni conocerte ni entenderte, no sé quién soy ni dónde estoy ni hacia dónde tengo que ir. Tan sólo me invento a mí mismo, supongo caminos pasados y me trazo antojadizas rutas futuras. Pero todo eso es por evidente influencia mundana: trato de ser cómo se supone que debo ser y avanzar hasta dónde se supone que todos debemos avanzar. Te lo enseñan en las escuelas, en las universidades, en los libros escolares, en los tratados de filosofía, en los simposios y en las doctas cátedras y en los matinales de la televisión. Pero, la tuya, tu influencia divina ¿dónde está? ¿Por qué dejas que el caos reinante aquí oculte e impida el reino de su perfecto y sereno equilibrio? O ¿estaré yo equivocado al menospreciar a los hombres y a mí mismo pensando en que lo que queremos y hacemos se contradice con tu voluntad? Porque así lo han enseñado muchos también diciendo que las palabras que han escrito TÚ se las dictaste. ¿Cómo saber si los que eso afirman dicen verdad o dicen mentira? Porque a la primera mirada, veo que todo lo que viene me viene del mundo. ¡Bienaventurados los que alguna vez vieron a la Virgen o como Hamlet, al fantasma de su padre! Pero los que dicen haber visto a la Virgen ¿cómo saber si están mintiendo? Y Hamlet que vio al fantasma de su padre no es sino otro fantasma como su propio padre creado por la imaginación de un mentiroso fulano llamado Shakespeare. Dime ¿cómo es que son las cosas? … Otra vez tu silencio por respuesta … ¿Creer o no creer? Y si creer ¿creer en qué? … ¿Sólo en tu silencio?"

No era ni el momento ni la hora para violar el silencio. Era justo y necesario que Fernadísimo Plaza de los Reyes continuara haciéndose preguntas. Él mismo no podía aun darse cuenta que con todos sus constantes cuestionamientos había ya adelantado muchos pasos. No los absolutos, pero sí los necesarios. Cuando el cómico se sale de la comedia y se recluye en su camerino y mirándose al espejo se da cuenta que tiene la cara pintada, recién entonces empieza a retornar al origen. Fernandísimo Plaza de Los Reyes comenzó de nuevo a hablar:

"Altísimo Arquitecto, por favor, mírame. ¿Cómo me ves? Quiero decirte cómo me veo yo. ¡Déjame reírme! Me veo actuando sobre el escenario mundano como un viejo loco, insensato y ridículo, como un antojadizo millonario extravagante, pero en el fondo nada de original porque, mis extravagancias no son sino expresiones singulares y aspaventosas de los mismas y gastadas ambiciones, empeños y sueños torcidos que tiene cada hombre en esta Humanidad. Desde la soledad del aquí donde estoy, el mundo allá afuera se ve como una mascarada de imbéciles. Explícame, Altísimo, ¿Por qué quiero a ir a morirme a New York cuando en el lugar en que uno se muera la muerte es la misma? ¿De dónde esa estupidez de que un cadáver enterrado en el cementerio de Arlington en los Estados Unidos tiene más pelaje que uno enterrado en el Cementerio General de Santiago de Chile? Y ¿de dónde eso de pensar que un cadáver tiene más estatus que otro y de dónde esa pelotudez de darle importancia al estatus de un muerto? ¿Es que por estos lados no sólo en la vida hay vanidad, sino que también en la muerte? Hay fosas cavadas para cubrir cuerpos que nadie reclama, hay también fosas cubiertas de tierra con al menos una cruz de palo, lo que habla de que el muertito es mala que mal un poco más que un "nn"; luego vienen los nichos de cemento con cubierta frontal de cemento para aquéllos de medio pelo y enseguida los con cubierta frontal de mármol o algún material que se le parezca. Eso es ya para difuntos de una clase media- media o media- alta. En el tope están los regios mausoleos de mármol y piedras seleccionadas, con esculturas y arquitecturas sofisticadas, destacando bronces que exhiben palabras acerca de las virtudes y la importancia del majestuoso, venerado y ricachón occiso. Digo yo, entre penas y risa que me da: en las batallas mueren tantos luchando todos con igual denuedo y, sin embargo, las estatuas y hermosos mausoleos son solo para los generales y capitanes. ¿Qué pasa con los cientos de soldados desconocidos, por qué no hay ni estatuas ni mausoleos para cada uno de los de ese perraje de valientes? ¿Qué clase de muerto quiero ser yo? Me da miedo porque me estoy dando cuenta que no me conformo con ser enterrado en mausoleo de mármol de Carrara por ser un ricachón, sino que ahora me surgió el fuerte deseo de morirme siendo un héroe en los Estados Unidos, honrado con honores militares de esa poderosa nación y compartir vecindario fúnebre con el Presidente J.F. Kennedy y tantos otros de renombre en la historia. ¡Dios mío, noto que me han surgido deseos faraónicos! ¿Seré yo, Maestro? O ¿es por culpa de esa famosa Psíquica de París? … No, no es necesario que me contestes. Ya sé de tu silencio. Creo tener la respuesta. De todas maneras soy yo. Mira, Altísimo, cómo me miro en ese espejo. Hablándote de estas cosas se me puso de nuevo la cara de payaso… ¡No puedo dejar de reírme! … ja,ja,ja,ja … ¡Me estoy reventando de la risa! … ¡Discúlpame, mi Señor! ¡Tú tendrás sentido del humor me imagino ¿verdad?!

La pregunta de Fernandísimo era tan ingenua. Se veía que no estaba del todo convencido de lo que decía. Si así hubiese sido, sabría que me río a carcajadas todo el tiempo que los miro. Con el libre albedrío que les di ¡han hecho de su mundo una comedia tan cómica! Pero no me río para burlarme; me río para pasar un buen rato. Al fin y al cabo, sé que todo eso es tan sólo una pompa de jabón.

Cuando Fernandísimo Plaza de los Reyes después de haberse reventado de la risa largo rato de tanto mirarse en su pretencioso espejo, emergió al fin de su tercer subterráneo al escenario del día a día, no se dio ni cuenta cuando ya tenía otra vez la máscara puesta. Afuera soplaba un solapado viento de primavera y fue ese viento el que se llevó las palabras que me había dirigido.

&&&&&&&&&&&&&&&

*** CAPÍTULO 17 ***

"Según informe meteorológico de la Armada de Chile se anuncia para el anochecer una tormenta con vientos de hasta 90 kilómetros por hora debido a un inesperado y súbito frente de mal tiempo proveniente del frente cordillerano. Expertos opinan que …"

_ Apaga la radio. Es hora de irnos al Municipal.

_Qué raro, Tarud. ¿Cómo anuncian tormenta cuando ahora hay un sol radiante? ¿Qué está pasando con el clima?

_ Me importa un carajo lo que esté pasando con el clima. Lo que me importa es que aparezcas en el Municipal como la Reina del Saba. Esta noche la diva tendrás que ser tú y no la prima dona de la ópera. Apúrate que se nos hace tarde. ¡Habrá que lidiar con la mierda de tránsito de esta ciudad!

Sería injusto afirmar que Simone Chantal no tuvo escrúpulos en su ascendente carrera hacia el dinero y la fama. Por supuesto que los tuvo, pero muy para sus adentros. La vez en que finalmente se vio forzada a prodigar su cuerpo a los tres productores de televisión al mismo tiempo, sintió que era una sucia, una vulgar putinga, un ser deteriorado, decadente, inmerecidita de mi perdón; lloró mientras se dejaba hacer por esas tres bestias desatadas y siguió llorando mucho después cuando la dejaron sola en la habitación oscura de aquella casona ubicada quién sabía dónde con la cabeza hundida entre las rodillas, las extenuadas piernas en flexión y su larga cabellera cayéndole en cascada hacia adelante. Fue ese un sollozar convulso. Pero, después de todo, aquel escrúpulo sólo se manifestó en eso. En ningún momento la frenó en su cometido y el consuelo le vino después cuando supo por un Tarud Arab eufórico y triunfante que el proyecto para el programa de televisión había sido aceptado. Su sentido de culpa se esfumó al vislumbrar cercano y casi en la mano un futuro rutilante. Ese futuro se le fue haciendo de a poco un presente en que la gente empezó a pedirle autógrafos en la calle, en que la prensa la rodeaba, fotografiaba y televisaba cada vez que aparecía en un lugar público, en que fue premiada por varios municipios con el título de "La Mujer de los Buenos Augurios para Chile" después que primero se lo otorgara el Ministerio de Interior. Este punto amerita, por cierto, ser referido con absoluta objetividad. Aconteció así. Madame Chantal había asistido a una gala en el Teatro Municipal de Santiago en que se representaba la ópera Carmen de George Bizet con elenco internacional. La ya afamada psíquica siempre odió la ópera, pero Tarud Arab haciendo coro estrecho con los productores del programa de televisión, la obligaron a asistir. El rating, si bien bastante alto y muy rentable, aun no alcanzaba el pick absoluto esperado. La bolsa para el dinero no se llena nunca, es elástica. Era importante que la vieran en eventos de alto pelaje social y cultural. Urgía hacerle ver al rebaño que una adivina no era una loca cualquiera venida de oscuros fondos, sino una dama de gran señorío, de elevada cultura y selecto roce social. Como todo, era cuestión de imagen. Algo muy similar al delantal blanco de los médicos con el fonendoscopio pendiente del cuello o los lentes oscuros para el sol con marcos italianos y la tez broceada de los pintamonos del show bussines. Ella era un títere más de ese show sólo que con una máscara más exótica y bizarra para nada gastada y convencional como la tez bronceada y las lentes ahumadas. Asistió a la ópera ataviada un con larguísimo vestido que terminaba atrás en una cola que se le serpenteaba como una serpiente cuando caminaba. El vestido en cuestión parecía seccionarle el cuerpo en dos en un sentido vertical. Una mitad era de un rojo oscuro granate como el cortinaje de algunos teatros de prestigioso escenario; la otra mitad era de un negro absoluto. El vestido se abría hacia adelante en un generoso escote y por la parte de atrás, en un gran rebaje que dejaba ver la espalda desnuda de Simone luciendo incitadoras pecas que para el gusto de muchos hacían su piel más deseable. Sus brazos quedaban a su vez desnudos, largos, albos y de delicada complexión. Los zapatos de finísimos tacos altos dorados y con destellos de brillantes. La cabeza y la mitad baja del rostro, cubiertos con pañuelo de finísima seda evocando la costumbre musulmana. Sin embargo, sobre el pecho pendía desde el cuello en una notoria cadena de oro, una gran cruz también de oro como la de los Caballeros Templarios. Desde la muñeca y hasta muy arriba del antebrazo, se alhajaba con pulseras varias de las que pendían figurillas como pirámides, calaveras, pequeños seres de apariencia demoníaca, ángeles y querubines y algunos objetos de la simbología masónica como el compás, la escuadra, el triángulo con un ojo al medio además de motivos relacionados con religiones de oriente como el budismo, el hinduismo y otras. Sus brazos lucían una espíritu abiertamente ecuménico e inclusivo. La madame era en sí un espectáculo aún más llamativo que la ópera. Es así como en el intermedio y en el foyer del teatro donde había un bufet con exquisiteces y buen licor, la prensa, la televisión la retrataba, la fotografiaba, la filmaba, la televisaba y todo el mundo le pedía autógrafos, la solicitaban para retratarse con ella, la alababan por su exotismo y belleza, por su poder de adivinación y por su simpatía. Nadie comentaba en ese intermedio el primer acto de la ópera. El tema era la Madame Chantal, la Psíquica de París en cuerpo presente y en vivo y en directo. Alguien por ahí, un tipo cuarentón que alardeaba ser entendido en óperas e insistía en informar que durante cuatro temporadas había asistido a ver a las grandes divas ni más ni menos que a la Scala de Milán y, otras tres temporadas, al Metropolitan Opera House de New York, sostuvo con seguridad absoluta que la Madame Chantal tenía en su voz un potencial lírico inmenso y que junto con la adivinación debiera dedicarse al "bel canto" y terminar siendo una soprano de fama internacional. El vociferar de este señor llegó a oídos de la diva de la adivinación quién desde cierta distancia le agradeció con una sonrisa y una expresión en los ojos que le nacieron del útero. El cuarentón no lo pudo creer y envalentonado se dirigió hacia ella dispuesto a hacerla su presa. ¡Quién diría que terminaría en la cama con la Psíquica de París! Pero tuvo que abortar el operativo. Justo en ese instante se le interpone un hombre de demoledora facha, la quinta esencia de la elegancia, de belleza masculina pocas veces vista a sus avanzados y perfectamente conservados años y con el desplante del que domina y tiene poder sobre cualquier situación. El entendido en óperas se achicó y puso marcha atrás con la cola entre las piernas. Así fue como la madame vio que se le acercó a escasos centímetros un maduro caballero de alta estampa, canas venerables, bastón de empuñadura de plata que le ayudaba a disimular una leve cojera y de paso acentuaba su aire de distinción. Con una sonrisa que la envidiaría el mismo Clark Gable, le dijo:

_ Distinguidísima dama, concédame el placer de poder presentarme a usted. Soy Luis Patricio Guzmán Peralta, Consejero Confidencial del Señor Ministro de Cultura.

Tarud Arab que estaba en ese instante al lado de Simone, se alejó discretamente para permitir al señor consejero que estuviera a solas con su Psíquica de París.

La vistosa Madame Chantal, la Psíquica de París, ladeó levemente el rostro maquillado como para una producción hollywoodense de los años cincuenta por el famoso Luis Patricio. Aquel ladeo fue un gesto de sutil coquetería. Cuidando de pronunciar cada palabra con claridad académica e imitando el tonito de la gentecita bien del paisillo respondió:

_ ¡Oh! ¡Es un honor para mí que usted se me haya presentado, señor Guzmán!

_ Guzmán Peralta, mi bella dama – corrigió con una sonrisa benévola el alto funcionario de gobierno.

_ Disculpe. Suelo ser distraída en el presente de tanto concentrarme en el porvenir.

A Simone la salida le pareció genial. Mostraba ingenio y además profesionalismo en lo suyo. Se sintió satisfecha de sí misma. A Guzmán Peralta le sonó una respuesta siútica y estúpida y pensó si acaso él no era más estúpido que ella habiendo aceptado la misión que tenía que cumplir con respecto a esa mujer. Lo consoló ver que al menos ella proyectaba una imagen rutilante y de exótica belleza. Intoxicado con esa imagen respondió:

_ Entiendo la seriedad de su quehacer, madame. Es increíble que una mujer como usted, poseedora de una belleza radicalmente distinta a cualquiera otra y aún superior que toda otra, esté abocada a bucear en las profundidades de la existencia en el tiempo pasado, en lo porvenir y en este presente azaroso en que vivimos.

Guzmán Peralta se había escuchado a sí mismo y había quedado muy satisfecho de sí y de su discurso. La madame lo encontró relamido y aburrido. Contestó:

_ Me halagan sus profundas palabras y se las agradezco, señor Guzmán.

_ ¡Guzmán Peralta! – esta vez sin sonrisas.

_ ¡Qué torpe soy! Discúlpeme una vez más. Ya se lo dije, te tanto concentrarme….

_ Ya lo sé madame, mira tanto la bola de cristal que cuando deja de mirarla no ve claro lo que la rodea.

Hubo un silencio embarazoso. Simone se preguntó si aquello había sido una ironía grosera o un insulto directo a su falta de inteligencia. ¿Cómo era ella en verdad, inteligente o tonta? Guzmán Peralta sintió que se había ido de madre. La defensa de su abolengo estaba estropeando el éxito de su misión. Entonces fue que le sirvió una copa de champagne, levantó la suya y le dijo "salud" mirándola a los ojos con cara de subyugado. Bebieron. La enérgica deglución de Simone no entrenada para eventos de tan alto nivel la hizo pasar un bochorno. Su tragar sonó tan grotesco y desafortunado como un do de pecho gritado a destiempo y desafinado. Guzmán Peralta decidió que había que pasar por alto toda nota disonante e ir al grano lo más pronto posible. El intermedio no era muy largo y él tenía que dejar al menos iniciado el negocio en ese lapso.

_ Distinguida Madame Simone Chantal, permítame ir al grano. Vengo a hablar con usted de parte no sólo del señor Ministro de Cultura, sino que también del Ministerio de Interior y, en definitiva, de la misma Presidencia de la República.

A Simone se le cayó levemente el mentón. Desde cierta distancia, Tarud Arab que observaba haciéndose el leso, asomó a los ojos una sonrisa de picardía y complicidad. Guzmán Peralta tomó con mucha suavidad el brazo de Simone y la condujo hacía un rincón que quedaba convertido en un verdadero escondite pues un grueso cortinaje de felpa granate ocultaba a cualquiera que allí permaneciera. Simone pensó otra cosa.

_ No, por favor, madame, no piense mal. Usted es bellísima y muy atractiva, pero yo soy un caballero. Necesitamos hablar esto lejos… digamos…del mundanal ruido. Lo que le vengo a decir y proponer pasa a ser un secreto de Estado en aras de los altos intereses de la Patria.

Simone Chantal hizo… ¡Glup! … para sus adentros.

_ Vamos al quid del asunto. Yo sé y, todos en el gobierno así lo consideramos, que usted es un psíquica seria y que no miente. Sus aciertos son sorprendentes. Pero, mi pregunta es ¿estaría usted estar dispuesta a mentir?

La Psíquica de París no se demoró ni una millonésima de segundo en contestar.

_ ¡No, de manera alguna!

_ Me esperaba esa respuesta, por cierto. Pero, madame, piense, a veces hay mentiras necesarias. Por ejemplo, no decir toda la verdad, sólo una parte de ella, es sin duda una forma de mentir. Así vistas las cosas, Dios es de algún modo un mentiroso, pues les ha revelado a los hombres sólo una mínima parte de la Verdad. Significa que esa mentira es necesaria para preservar un bien mayor.

_ Bueno, claro sí. Sin embargo…

_ Y piense también en una guerra. El enemigo debe ocultar información al enemigo y engañarlo. La mentira es parte de la táctica militar. Dese cuenta, el camuflaje mismo es una mentira. Pero esa mentira puede servir para salvarle la propia vida y…

_ Y también puede servir para quitar la vida ajena ¿no?

_ Bueno, sin duda. Lo que le quiero decir es que no siempre mentir es malo. Las mentiras piadosas son necesarias para evitar tantas veces males mayores. La queremos invitar a que participe con nosotros en una mentira piadosa que le hará mucho bien al país.

Cubiertos por el grueso cortinaje ambos escucharon pasar un grupo que pasaba riéndose casi con estridencia. Extraño en ese ambiente, pensó Guzmán Peralta. Se urgió. ¿Me habrán escuchado? Esperó a que los del jolgorio se alejaran y volvió a lo suyo.

_ Madame ¿qué me dice?

_ ¿Qué quiere que le diga, señor Guzmán?

_ ¡Guzmán Peralta!

_ ¡Oh, sí! Guzmán Peralta.

_ Deseo que no le niegue al gobierno lo que el gobierno le está pidiendo. Apelamos a su patriotismo.

_ Soy francesa, señor Guzmán Peralta.

_ Pero vive en Chile hace muchos años. Más de algo ha recibido de este hermoso país. Sabemos mucho de usted, créame. – aquí hizo una pausa premeditada y le clavó fija la mirada sin mover un músculo de la cara; luego continuó en un tono suave, amistoso, cálido - … y la admiramos mucho, créame.

Simone trataba de tener conciencia clara de todo lo que le estaba sucediendo, pero su mente no parecía funcionar bien. Estaba confusa y sentía la necesidad de que Tarud Arab estuviese ahí. No podía, no sabía decidir por sí misma. Había comenzado siendo una marioneta del equipo de producción del programa televisivo. Pero si bien ya la habían convertido en marioneta (soy misericordioso), de pronto un flash dentro de su cráneo pareció inspirarla: si el programa entero no era sino una sarta de mentiras aprovechándose de la ingenuidad, credulidad, ignorancia y estupidez de la masa que le daba el rating, ¡qué tanto sería mentir avalada ni más ni menos que por el gobierno de la nación! ¿Qué ladrón se negaría a robar amparado por la ley cómo de hecho se suele hacer? Y, además, detrás de todo eso tendría que haber una ganancia.

_ Sí, señor Guzmán Peralta, aceptó mentir si el gobierno de Chile necesita que lo haga y si es por el bien superior de la sociedad. Por favor, cuénteme los detalles.

El consejero confidencial de cultura entornó los párpados por un segundo y luego la miró complacido.

_ En el mínimo de palabras posibles, Madame, el asunto es el siguiente. Usted sabe tan bien como nosotros que cuando una gran masa de ciudadanos se pone en contra del gobierno legítimamente establecido y pierde la confianza en las autoridades eso no le hace bien al país bajo ningún punto de vista. Debemos reconocer que nosotros como gobierno hemos cometido algunos errores Más por apresurado manejo en algunas cosas que por otro motivo más serio. También reconocemos que hemos tenido casos de corrupción, pero son casos aislados créame. Bueno, lo cierto es que esto ha ocasionado descontento social y político y lo peor, desconfianza. Este último punto es serio. La desconfianza puede acarrear desobediencia, luego rebeldía y hasta la disolución de la autoridad y, en ese caso sobreviene el caos.

Simone puso cara de seria. Frunció el ceño para mostrar preocupación, pero para su interior se daba cuenta que entendía poco o nada y que en el fondo nada de eso le importaba. Guzmán Peralta continuó.

_ Directamente lo que queremos que usted haga es que en su programa de televisión difunda que según su ciencia adivinatoria hay excelentes augurios para las gestiones gubernamentales y como consecuencia de éstas un brillante futuro para la patria.

La adivina se quedó pensando y luego:

_ Pero, señor Guzmán Peralta, mi oficio no se basa en la mentira. No sabré cómo mentir respecto de asuntos políticos y temas así. Lo cierto, es que yo no sé mentir para nada en ningún asunto. Mi formación proviene de una familia católica ferviente en Francia y desde pequeña se me enseñó que la mentira era un pecado que ofendía a Dios de sobremanera.

El consejero confidencial explotó en una carcajada interior que nadie por cierto escuchó y muy serio dijo:

_ La asesoraremos constantemente. Le iremos diciendo qué tiene que decir. Y, créame, en el fondo lo que le pedimos no es que mienta. Tómelo simplemente como una estrategia comunicacional para ayudar al país a recuperar la confianza en sus autoridades. Yo también soy un creyente, fue seminarista cuando joven, pero Dios me tenía reservado otro lugar en esta tierra: ser un servidor público, alguien que trabaja por el bienestar social del pueblo y los oprimidos. Le aseguro que Dios mirará con buenos ojos su colaboración.

Simone también explotó en una carcajada interior. Para ella Dios no pasaba de ser una simple palabra que al pronunciarla le podía dar un cierto estatus de credibilidad ante los demás.

_ La recompensa por sus servicios será el pago mensual por un año de dignos y nada de despreciables honorarios como los que usted se merece además de la otorgación de un premio de parte de los Ministerios del Interior y de Cultura consistente en un título honorífico que le dará a usted estatus, prestigio e historicidad a nivel nacional. ¿Qué le parece?

A Simone le brillaron los ojos y se le hicieron burbujitas de contento dentro de su cabecita. Contestó:

_ La recompensa ofrecida es grande, pero más grande aún y más importante es la convicción que estaré sirviendo a ésta, mi segunda patria. ¡Acepto!

Guzmán Peralta la cogió suave por el codo y salieron de detrás de la cortina. Afuera ya había sonado el gong para anunciar que el intermedio había finalizado. Apenas Tarud Arab los vio, se les acercó.

_ Madame Chantal es una gran dama. – comunicó Guzmán Peralta.

Tarud Arab lo entendió todo. Contestó sólo con una ligera inclinación de cabeza.

_ Hasta la vista, Madame Chantal. Estaremos en contacto más pronto de lo que usted se imagina.

_ Así lo espero. Hasta pronto, señor Guzmán.

_ ¡Guzmán Peralta!

La ópera reinició sus sones y "do" de pecho. Fastuosidad y brillo en los trajes, en las máscaras, en los maquillajes, excelsitud en la coreografía, en a expresión de los cuerpos, armonía y belleza en la iluminación, majestuosidad y hermosa fantasía en los diseños y la escenografía. Sobre el escenario emergía, desde las profundidades de la creatividad humana, un mundo ideal. Sin embargo, los deseos de Tarud Arab se cumplían a su plena satisfacción. Pendiente del comportamiento del público veía cómo muchos enfocaban sus catalejos hacia la vistosa dama que estaba sentada a su lado, la famosa Madame Chantal. Pero no sólo los que poseían catalejos la observaban mientras se despreocupaban de lo que acontecía en la escena, sino también el espectador a "ojo pelado". Muchos de continuo dirigían su atención al palco que la madame y su mánayer ocupaban. En un momento en que la soprano, haciendo gala de su bello arte, remató un área con un do de pecho que iría a ser historia y que el público premió con un espontáneo, eufórico y cerrado aplauso, ocurrió lo insólito para cualquier mente cuerda. Un reflector de luz dirigido por la voluntad de quizá quien, enfocó a la Psíquica de París que, habiéndose puesto de pie, aplaudía a rabiar. La atención de todos se enfocó en el palco en que ella estaba y los aplausos que en un principio habían sido para la prima dona, terminaron todos dirigidos a la prima adivina de París y del matinal del canal 24 de televisión.

_Ganaste, dulzura. Eres la reina del Saba – le susurró Tarud Arab.

_ Lo sé – respondió ella sonriendo al público y repartiendo besos a la distancia.

La ópera recomenzó y esta vez se sintió como que se deslizaba hasta el final. Sin explicárselo, el público veía como de aquí en adelante, los personajes parecían enojados entre sí hasta en los duetos de amor. La voz de la soprano ya no se escuchaba igual, parecía enronquecida, como que insólitamente se raspara la garganta al cantar y al final, cuando el amante despechado mata a Carmen, en el momento inmediatamente anterior a la puñalada asesina, ella le grita a su agresor un "lachiame pasare" con un timbre de tanto odio y vulgaridad que más se pareció al rudo grito de un grosero y vulgar feriante que a una dramática advertencia y súplica salida de los labios de una excelsa artista de la escena. La puñalada final ¡para qué decir!, no fue el despecho y el dolor de un amante celoso introduciéndose en el vientre de su amada con una daga de acero toledano, sino más bien, una cuchillada brutal dada por Jack el Destripador con un cuchillo carnicero. Así y todo, la última caída del telón fue laureada con aplausos frenéticos y una vez más, una voluntad persistente, dirigió un foco hacia el palco en que estaba la Madame Chantal, la ahora polémica Psíquica de París. Ella se puso de pie nuevamente y competía en reverencias y sonrisas con los artistas del escenario. Aquello se transformó en una guerra de venias, sonrisas y besos lanzados al aire desde la escena por los artistas, desde el palco por la diva de la adivinación y el público, enloquecido por ese inesperado torneo, transformó los aplausos en atronadores sonidos que rugían en crescendo lanzados, alternativamente y en un continuo demencial, tanto hacia el palco como hacia el escenario. Se hizo un pandemónium de aplausos, bravos, chiflidos y risotadas. Las bocas se abrían, los ojos se inyectaban de sangre, las cabelleras se despeinaban y las manos se agitaban como palomas furiosas. La caja de música que había sido siempre el Teatro Municipal se tornó en una caverna de ruidos emanados del infierno. Estar allí era haber caído a las profundidades de la locura. Pero todo se acalló de pronto de golpe. Un mega trueno explotó en las afueras. Fue un rugido fiero de la naturaleza que paralizó a todos. Se impuso un silencio absoluto, un silencio cargado de miedo. Otros dos truenos aún más potentes se dejaron sentir. Nadie movía el más mínimo músculo. Y entonces, todos y cada uno pronto empezaron a escuchar cómo la lluvia empezaba a golpear la techumbre del teatro. Suave y de a poco al comienzo; con furia atronadora después. Aquello no iba siendo ya una simple lluvia, sino que un espantoso diluvio. Muchos pensaron en esos instantes lo que habían oído decir, que estábamos viviendo los últimos días, que el Apocalipsis estaba próximo, que la naturaleza empezaba a cobrar la cuenta. Los hombres me suelen achacar sus malas tendencias. El cuento es que la cosa se agravó cuando tuvieron la sensación de que el océano entero se dejaba caer sobre la techumbre y después, cuando vieron que la lluvia perforaba el techo y empezada a caer gruesa, pesada y tupida sobre el escenario y sobre la platea ya les dejó de ser una sensación para transformarse en una evidencia. Eran cascadas, baldes de agua que iban inundando el teatro y lo iban hundiendo casi con el mismo sino del pretendido invencible Titanic. Comenzó el gritar, los alaridos de horror y toda ese elenco de afamados artistas y esa selecta y numerosa audiencia de aficionados a la ópera, se tornó en una horda de salvajes que corrían desaforados, atropellándose unos con otros, pasándose a llevar, pisoteando a los que se caían y pensando cada uno sólo en sí mismo con tal de salvar el pellejo. Sólo Tarud Arab no pensó sólo en sí mismo. Era preciso que él y Simone se salvaran. Significas mucho en mi vida, le grito cogiéndola de una mano y ella, halagada, se dejó arrastrar con el agua ya hasta las rodillas hasta la calle. Afuera, la cortina de agua no dejaba ver nada. Se escuchaba el tronar furioso de los truenos, los bocinazos de los autos, ocasionales choques entre ellos y la noche se iluminaba de súbito y con violencia con la luz instantánea y electrizante de los rayos. A causa de uno de esos estallidos del cielo, a la Madame Chantal se le hicieron lanas las piernas y calló pesadamente al suelo. Contrario a lo que ella esperaba, Tarud Arab no se detuvo para recogerla. Desasido de la mano de ella, continuó en su loca carrera de huida hacia cualquier parte. A esas alturas y dada la apocalíptica circunstancia ya se había olvidado del valor de la rentabilidad. La Psíquica de París, en cuatro patas sobre un charco de agua y azotada por un verdadero diluvio, se había convertido en un estropajo, en una gata mojada y abatida, con la cara pálida sin ya siquiera una pinta de maquillaje, con los brazos sin las pulseras y el cuello sin los collares. La cruz de los templarios se hundía en un charco barroso y las pulseras y anillos se las llevaban los flujos de agua que corrían como ríos sin respetar ni aceras, ni calzadas ni esquinas ni ordenanzas municipales. En esa posición cuadrúpeda, con el pelo empapado pegado a la cara, el rostro lavado hasta la última y más íntima arruga, se imaginó a sí misma y se vio como una bruja desnuda montada en un palo de escoba incapaz de volar y que sólo se hundía en el torrente de las aguas furiosas. Entonces en un susurro hacia sí misma dijo "Sólo me llamo Simone Chantal y ni siquiera de eso estoy segura". Pareció que desde las alturas un trueno le hubiese contestado con un potente tronar de aprobación.

&&&&&&&&&&&&&&&&

*** CAPÍTULO 18 ***

Los hombres gozan ¿o sufren? del derecho del libre albedrío. Éste tiene sus riesgos, por eso no es bueno elegir estar en el lugar y en el momento inapropiados. Fue lo que le ocurrió al pobre Johnny Tunante. Se le ocurrió ir a vagar a los cantones precordilleranos cercanos a Santiago, encontrarse con una camioneta a medio quemar y comprobar que en su interior había dos cadáveres calcinados, uno de ellos evidenciaba un esqueleto ancho, el otro uno de complexión pequeña. Se le ocurrió también hurgar en sus dentaduras y sacarle al grandote un diente de oro ennegrecido por el incendio, pero de oro. Y le ocurrió también toparse con la policía mientras tenía las manos en la masa.

Johnny Tunante, huérfano de padre desde antes que tuviese uso de razón, creció junto a su madre la mayor parte del tiempo en el cementerio. Ella, Otilia, se ganaba el mendrugo cuidando tumbas y nichos en el Cementerio General, mientras Johnny bebé pasaba las horas junto a ella rodeado de lápidas, cruces y arreglos florales dentro de una caja de zapatos acolchada con una vieja y gastada manta que tenía por cuna. Su infancia consistió casi por entero en acompañar a su madre día a día en aquél fúnebre ambiente y su adolescencia, en aprender que había gentes que profanaba tumbas para robarle a los difuntos en complicidad con su propia madre quien recibía una pequeña recompensa por hacerse la lesa y dejar que los robos se consumaran. Con tal universidad, ése pasó a ser su modo de ganarse el puchero. Robar a un muerto era lejos mucho menos riesgoso que robarles a los vivos. Eso sí, no iba a tener cien años de perdón pues hasta donde se sabe los muertos no roban.

Por algún motivo que la Alta Jefatura de la Policía tal vez quisiera olvidar, hacía mucho tiempo que no se había enviado personal a patrullar por esas soledades precordilleranas. Más por una cuestión de imagen que por otra cosa, se había optado por destinar casi todos los recursos de la policía montada a lucirse en las calles de la capital que a destinarla al patrullaje de zonas rurales y montañosas. Por eso, la aparición de un auto patrulla por esos lares fue una cosa insólita y un hecho que podría considerarse dentro del karma de Johnny Tunante. Nada en la vida de nadie es casual.

_ Mi suboficial ¿ve lo que veo?

_ ¿Cómo voy a saber lo que está viendo usted, Carrasco? ¿Somos almas gemelas acaso?

_ No, pero usted está mirando para adelante igual que yo pues, mi suboficial. Con todo respeto.

_ No veo nada.

_ Deje la pretensión a un lado, mi suboficial. Ya está bueno que use lentes. Con todo respeto.

_ No siga subiéndose por el chorro, Carrasco. Veo perfectamente. Allá hay los restos quemados de lo que parece fue una camioneta.

_ Sí y….

_ Pero, mire, hagámonos los lesos. No la hemos visto. Estamos por finalizar el turno y tengo lata de que esto se prolongue. Si iniciamos procedimiento, piense a la horita que vamos a terminar. Volvámonos mejor.

_ ¡Ve que no ve bien! Allá hay un hombre como agachado sobre un bulto y al parecer está forcejeando.

El suboficial hizo un gesto de resignación. Si había un sospechoso no se podía sacar la vuelta. Le ordenó a Carrasco que dirigiera el auto hacia el sitio mismo del suceso. Cuando Johnny Tunante vio que la policía estaba a un palmo de sus narices, levantó ambas manos, aunque nadie lo estaba apuntando con un arma.

_ Estos gallos hace ratito que están muertos. Yo no tengo nada que ver, mi … mi cabo.

_ Eso lo vamos a ver. ¿Qué hacías ahí agachado? – lo encaró el suboficial.

_ Le estaba sacando un diente a uno de los finaditos, mi… mi cabo.

_ Así que no te bastó con matarlos, sino que además les robas a tus víctimas una vez que las has liquidado.

Johnny Tunante dio un brinco hacia atrás y se ocultó tras la carcasa de la camioneta y luego asomando la cabeza con cautela, contestó:

_ Yo no he matado jamás a nadie. Se lo juró. Y no estaba robando. Sacarle un diente a un muerto, aunque sea de oro no es un robo. ¿Acaso le va a servir para algo ese diente al muerto? ¿Qué saca con llevarse la riqueza a la tumba si ya no le va a servir para nada? En cambio, a mí que estoy vivito y coleando sí me sirve. Yo creo que cuando la gallá se muere ahí deja de ser egoísta. ¿No cree, mi … mi cabo?

El cabo Carrasco abrió la boca por primera vez ante el sospechoso.

_ Canta ligerito. ¿Por qué mataste a estas dos personas y luego las quemaste con camioneta y todo?

_ Yo ya le dije. Yo no tengo nada que ver con esta mansa cuestión. Pasaba por aquí y me encontré con este pastelito y entonces aproveché la ocasión. Allí donde veo un muertito le saco lo que lleva puesto. Así lo despojo de todo para que se vaya livianito al cielo. Yo le hago un favor al finado y el finado me lo hace a mí. ¿Qué no han oído lo que dice el cura? Más fácil es que entre un camello por el ojo de una aguja que un rico por la puerta del cielo. Hay que llegar a cuero pelado al cielo, sino San Pedro lo echa a uno de vuelta con una patada en el culo. Yo no le hago daño a nadie, mis … mis cabos.

Los policías se miraron y se echaron a reír. Tenían frente suyo a un verdadero payaso y a la vez al victimario de un asesinato horrendo. Caso resuelto. Se anotarían un poroto.

Llegó el fiscal al sitio del suceso, la policía técnica, los del laboratorio forense., etcétera, etcétera y la prensa. Foto del monstruo en las primeras planas de los diarios, tomas televisivas del chacal tomado de ángulos que lograban hacerlo ver como alguien de aspecto intimidante. Se tenía a un culpable y, entonces, estaban todos alborotados, había contento, se contaba con alguien en quien volcar toda la furia, todo el odio, toda la agresividad en aquella olla a presión llamada sociedad chilena. Pero si la justicia aún no se ha pronunciado. Es solo un inculpado. Veamos los resultados de la investigación. ¡Qué investigación ni qué ocho cuartos, el tipo es el asesino a ojos cerrados! ¡Ya veremos cómo la justicia lo declarará culpable y le dará la pena correspondiente! ¡Lo malo es que en este país ya no existe la pena de muerte! Debieran volver a instaurarla y matar a este tipo con algún método que lo haga sufrir lentamente. Algún suplicio chino. Imagínense, las víctimas eran dos trabajadores humildes, con familia, con hijos pequeños, hombres de esfuerzo y decentes que habían comprado esa camioneta luego de mucho trabajo y ahorro, queridos en su vecindario por su simpatía y generosidad, por brindar a los niños lecciones de religión o moral, todo sin cobrar, evangélicos. Algunos discutían este punto. No, eran católicos devotos, humildes, pero gente de bien. La polémica se extendió al respecto. Otras religiones también lo reclamaban. El rabino Pérez Calderón aseguraba que ambos tenían ancestros judíos sefaradíes. La comunidad musulmana le salió al paso. El rabino mentía. Las víctimas eran claramente palestinas. ¡Hasta cuando los judíos se adjudicaban lo que era de palestina! La comunidad judía contestó que el de origen palestino era ese tal Johnny Tunante, nombre chapa por supuesto para ocultar su verdadera identidad. Se comentaba que el tipo tenía vinculaciones con Alcaeda y que gestionaba traer el terrorismo musulmán a la américa del sur empezando por Chile. La prensa cacareaba toda esta polémica y el tiraje de los diarios se triplicaba y los ratings de los noticieros televisivos se elevaba lejos por sobre el máximo histórico obtenido. El joven luchador de la escoba al hombro dejó de aparecer en los medios. Ante esto no era noticia para nada y su causa poco les importaba a muchos. Organizó una marcha por la Alameda con sus seguidores y desde una tarima advirtió que ese terrible dedo acusador contra Johnny Tunante no era más que un montaje de la casta gobernante para distraer la atención de los graves problemas que afectaban al país por causa de la corrupción, la mala gestión y el desgobierno. Aparte de sus seguidores sólo unos pocos se congregaron frente a la tarima. Había que dejar tiempo para ver la teleserie que estaba pegando fuerte y, por supuesto, las noticias acerca del chacal destrozador e incendiario. El discurso del joven patriota no fue cubierto ni por la televisión ni por la prensa ni por la radio. Solo sus partidarios sacaron fotos con sus iPhone y demases aparatos de esos.

En su encierro de detención preventiva, a Johnny Tunante se le permitió ver televisión porque el alcaide de la prisión tenía a su padre sepultado en un nicho del cementerio General y conocía a Otilia, la madre de Johnny, quien cuidaba y decoraba con especial cuidado aquel nicho. De modo que el chacal de moda veía todo lo que se decía y mostraba de él. Johnny estaba fascinado. Era el centro de la atención en todo el país. Nunca antes nadie se había siquiera fijado en él. Se sentía feliz, pero se preguntaba "¿por qué tanto alboroto conmigo tan solo por haberle sacado a un muerto un diente de oro?".

&&&&&&&&&&&

CAPÍTULO 19

Diálogo a puerta cerrada. Pero conmigo eso no funciona. No hay la más mínima cosa que no habrá de saberse.

_ Si queremos proceder con ética y justicia como corresponde, es preciso esclarecer los hechos y comprobar si fue él el asesino o no.

_ Eso implica una investigación forense exhaustiva. Hay que destinar gran cantidad de recursos y bastante tiempo.

_ Así es. Es el único camino.

_ Por ahí comienza el problema.

_ ¿Cómo así?

_ Usted ¿es ingenuo o se hace o anda tras el premio Nobel de Justicia?

_ Me ofende, señor ministro.

_ No, estoy siendo objetivo.

_ Pero ni puedo creer que usted….

_ Usted crea o no crea lo que quiera. Entienda, estamos cortos de presupuestos, se ha robado mucho y se sigue robando, hay intereses que no pueden tocarse y tenemos que ser austeros entre nosotros en el gasto fiscal si queremos no tocar esos intereses y seguir robando. Aunque yo no lo llamaría robo, es simplemente cobrarse más allá de lo injustamente establecido por la ley por servicios al país que demandan trabajos sin horarios, dejar la familia de lado, estar expuesto a ser víctima en cualquier momento de un atentado y sufrir el degaste de nuestra imagen personal como consecuencia de la propaganda tendenciosa de los medios y de nuestros opositores.

_ No lo había pensado de esa manera, señor ministro.

_ Es que usted no piensa.

_ Señor ministro, yo….

_ Por otro lado, el populacho necesita desesperadamente ver en hechos concretos que la autoridad impone autoridad, castiga al delincuente y administra justicia. Hace ya demasiado tiempo que por razones populistas y electorales convenientes para nosotros hemos dejado tranquilos a los delincuentes para que hagan de las suyas. Les hemos proporcionado una suerte de paraíso y ese paraíso para ellos significan nuevos votos a nuestro favor. Pero ya es tiempo de un gesto distinto. La opinión pública o chusma reclama porque se siente insegura, habla de desgobierno, de caos. Es hora de mostrarles que el gobierno no ha desestimado la mano dura. Nosotros la llamaremos justicia para no hacer ninguna alusión o establecer ninguna relación con la dictadura de Pinochet. Ese tal Johnny Tunante nos calló del cielo. Culpable o no, será culpable. Los jueces ya están conversados. También están conversados los diputados y senadores. La ley se modificará con la prisa conveniente a esta circunstancia y se instaurará de nuevo la pena de muerte. Los medios también están conversados e inventarán el peor de los pasados para ese tal Tunante y el más tierno y católico para las víctimas quemadas en la camioneta. Los mostrarán como dos personas que ahora de seguro están sentados a la diestra de Dios. Así que cuando se anuncie que Johnny Tunante fue considerado culpable y que en consecuencia recibirá la pena máxima que consistirá en morir por efecto de inyección letal, todo el mundo estará contento y todos nos aplaudirán a rabiar. Subiremos muchos puntos en el rating.

_ Señor ministro, pero eso que me dice me suena a algo….

_ A usted le puede sonar de cualquier manera. Eso no detiene al sistema. Si sigue así, más le vale no colaborar más con nosotros y volver al anonimato e insignificancia de la chusma. Se ve que jamás ha leído a Macchiavello. Es la biblia de todo hombre de poder.

_ No quiero volver a la chusma, señor ministro. Le prometo leer a ese señor de apellido italiano.

_ Me parece. Le regalaré un ejemplar y luego de que lo haya leído, conversamos.

_ Es muy gentil, señor ministro… Señor ministro, una cosa, usted disculpe. Tengo entendido que antes la pena de muerte era por fusilamiento. ¿Cómo es eso de la inyección letal entonces?

_ Si volvemos a instaurar la pena de muerte tenemos que mostrar que estamos con los tiempos, que somos caritativos y que sabemos economizar en recursos.

_ Entiendo, señor ministro. Muy inteligente de su parte…. Así que ya todos están conversados.

_ No solo conversados, sino que además con promesa de pingüe recompensa. Todo está asegurado.

_ ¡Pingüe recompensa!

_ Sí, Espinoza, ¡pingüe recompensa! … Espinoza, un consejo.

_ Sí, señor ministro.

_ Usted me cae bien a pesar de todo. Por eso le doy este consejo: siga a mi lado, no se despegue de mí, sírvame con lealtad y… ¡se hará rico, se lo aseguro!

_ Gracias, señor ministro … gracias… muchas gracias.

_ Váyase ahora.

_ Sí, sí, señor ministro.

Al salir de la reunión, Espinoza ya era otro. Por el momento, tenía otra oveja menos en mi rebaño. Por lo menos allá en la Tierra.

&&&&&&&&&&&&

CAPÍTULO 20*

Apenas colgué el teléfono, de pura alegría me saqué los mocasines y los lancé al aire, ¡iiiiyyyuuupiiiii! Me precipité hacia nuestro dormitorio vociferando el nombre de Antonieta.

_ Antonieta, ¡la cosa se está dando!

_ ¿Ya condenaron a ese Johnny Tunante por el crimen que cometimos?

_ Algo mejor que eso.

_ ¿Puede haber algo mejor que eso?

_ Sin duda. Fernandísimo quiere que lo vayamos a ver enseguida. Le urge. Dice que nos conviene que lo veamos ahora mismo y que ya decidió su partida a New York.

_ Pero…

_ No hay pero que valga. Vístete en un segundo y partamos. Las oportunidades se aprovechan al instante o si no se pierden.

_ Qué oportunidad.

_ La de ser ricos, tonta.

Antonieta se atolondró en el closet. Lanzó al aire faldas, blusas, zapatos, zapatillas, chaquetillas y cuanto trapo había. Y como bataclana urgida por entrar a escena se plantó en el cuerpo la ropa que le quedó más a mano y corrió tras de mí que ya había cruzado la puerta de salida. Venía arreglándose el pelo y acezando. Ya estábamos en la acera cuando me tuve de volver. Corrí a mi escritorio y me puse los mocasines. Partí acelerando como loco. Allí me di cuenta que me habría sido muy doloroso acelerar y frenar sin los zapatos calzados y más aún muy vergonzoso cuando los calcetines tenían un agujero en el dedo gordo. Antonieta jamás consentía en cortarme las uñas. Las mujeres de antes eran más hacendosas. Mi madre siempre lo hacía mientras estuve soltero. Siempre fui un niño muy regalón hasta los treinta años.

Llegamos, entramos, saludamos y fuimos al grano.

_ Fernandísimo, ¿qué lo decidió a decidir lo que decidió?

Hablé florido para darle en el gusto, para demostrarle que yo compartía con él el abolengo español, que hacía malabares con la lengua de Cervantes. Y él me contestó como haciendo una verónica taurina.

_ Lo que me decidió a decidir lo que decidí fue la televisión y la gratitud.

Hubo una pequeña pausa. Yo me quedé esperando. Consideré como que hizo falta un ¡olé! final.

_ Con todo respeto, no le entiendo.

Fernandísimo le dirigió una mirada. La midió desde la cabeza hasta los talones y luego le guiñó un ojo.

_ Hay una sorpresa para ti, chiquilla. Un muy buena nueva.

En seguida se dirigió a mí con aire bonachón.

_ Y por supuesto, también para ti, mi joven amigo.

Luego se inclinó hacia adelante y nos cogió a ambos por las manos.

_ A ustedes les estoy muy agradecido. Me han brindado amistad, compañía, afecto, preocupación por mi persona. Muy poca gente hace eso con un viejo. Por lo general a los viejos se les aísla por considerárseles un estorbo.

_ Pero no a los viejos ricachones como usted.

Había sido demasiado tarde. El exceso de espontaneidad y entusiasmo de Antonieta había comenzado a echarlo todo a perder. Míster Bob, siempre sentado junto a su amo, emitió un gruñido. El animal entendía el español sin duda. Cuando quedaba a solas con Fernandísimo ¿hablaría ese idioma con él? Pensé que no era tan descabellada mi ocurrencia. Recordé que, en la Biblia, el burro en que iba montado Balaán le habló preguntándole "Balaán ¿por qué me has pegado?" Y hasta donde yo sé, la Biblia no miente. ¿O sí?

Antonieta se puso roja como un tomate y se iba a comenzar a disculpar cuando Fernandísimo la interrumpió. Se levantó de su asiento y cogió un bastón con empuñadura de oro. Lo blandió amenazador frente a nosotros. Retrocedimos espantados.

_ ¡Con lo que ha dicho es suficiente! ¡Se le cayó la máscara, preciosa! Y usted, joven, sáquesela ya porque sé perfectamente lo que hay detrás de la suya. ¡Los dos se van de inmediato de aquí!

Míster Bob lanzó tres ladridos claros y concisos, autoritarios y amenazadores. Nosotros, asidos uno al otro, retrocedimos espantados hasta la puerta de salida que estaba cerrada. Tratamos de abrirla, pero o nuestra torpeza inducida por el miedo o algún pestillo que la mantenía asegurada, nos impidió hacerlo. Para peor de los males, Míster Bob se había precipitado hacia nosotros y nos ladraba mostrándonos sus colmillos. Nos tenía acorralados entre su ferocidad perruna heredera del lobo y la complicidad de la maldita puerta. Más atrás, Fernandísimo Plaza de Los Reyes, convertido en un Caballero Andante, justiciero y vengador, nos blandía su bastón, apuntándolo contra Antonieta y yo que en esos instantes estábamos deseando jamás haber ambicionado la fortuna de ese ricachón ofendido. No es bueno ofender a un ricachón, menos cuando uno se da cuenta que crimen que cometa queda impune. Me acordé de los dos pelafustanes que nosotros asesinamos. ¿Sólo quedan impune los crímenes de los ricachones? Bueno, es que muchas veces, a los que no somos potentados nos salva una campana que se llama suerte. ¿Existe la suerte? Todas estas divagaciones extemporáneas a la situación de algún modo impedían que me orinara en los pantalones ante los aterradores ladridos de Mr. Bob y el bastón exterminador de Fernandísimo Plaza de Los Reyes. A Antonieta ya le había ocurrido. Había a sus pies una acusadora poza ¿de agua? Cuando Fernandísimo se percató de aquello, se quedó callado y bajó el bastón. Míster Bob frenó en seco sus ladridos, olió la poza y, según parece, al darse cuenta de que no se trataba de nada relacionado con una perra, se fue a sentar arriba del sillón de su amo. Entonces, Fernandísimo comenzó a reírse a mandíbula batiente. La expresión de su rostro cambio en ciento ochenta grados y esta vez expresaba una rara mezcla de burla, buen humor y un toque de afecto. En sus ojos me pareció percibir de nuevo un destello de amistad.

_ ¡Te orinaste, chiquilla! … ja- ja- ja… ¡Pero muy, muy bien! ¡Eso sí que es auténtico! ¡Es imposible fingir mear!

Fruncimos el ceño y nos miramos el uno al otro.

_ Así como tu orín que ensució mi parqué es auténtico así lo fue también tú miedo. Lo triste de todo esto es que creíste en una mentira como lo has hecho toda tu vida, como lo has hecho tú, Antonio, toda tu vida y como durante toda mi vida lo he hecho yo también y cuanto otro puedes encontrar en cualquier rincón del mundo.

No sé si en ese momento aluciné, pero me pareció que después de su última palabra, Míster Bob lanzó una carcajada. ¿Será posible que un perro pueda reírse? No lo sabemos. Tal vez lo hagan. Pero ¿reírse con una carcajada humana? Bueno, ya estaba llegando a una altura de mi vida en que me daba cuenta de que no sabía nada de nada y de que cualquier cosa es posible. Sócrates creo que dijo "Sólo sé que nada sé". Pienso que debió agregar: pero lo único que sé es que en este mundo sin dinero no se llega a ninguna parte. Así que seguí atento a las palabras de Fernandísimo Plaza de Los Reyes para ver si aún podía atisbarse una posibilidad de ser sus herederos. Ese destello de amistad en su mirada había renovado mi esperanza. ¿No estaría equivocado supongo?

_ Amigos del alma, ¡qué fácil es engañar a otro ser humano! ¡Creyeron en mi máscara número cincuenta y cinco! ¡Fingí, fingí, fingí! No estaba enojado. Sólo quería ver cómo reaccionaban. Digamos que lo hice buscando una pizca de verdad en ustedes. Y lo conseguí. Esos meados son conducta no fingida y tú cara de angustia y decepción, Antonio, son lo mismo. Hay veces como ahora en que las máscaras se nos caen a pesar nuestro y mostramos un destello infinitesimal de lo que realmente sentimos o somos. Pero eso dura mil veces menos que un estornudo. Volvemos al baile de máscaras. Es lo que más nos conviene en este festín de la hipocresía. ¡Cómo me iba a enojar, por Dios! Te fuiste de palabras, pero yo ya sabía lo que había detrás. La mentira de tu amistad… No, no te inquietes… Te agradezco esa mentira. Es una piadosa mentira y merece una recompensa: mi herencia.

Nos miramos con Antonieta y suspiramos aliviados. Fernandísimo continuó.

_ Después de todo, vivimos de mentiras. El mundo que hemos creado es una gran mentira… incluyendo a Dios.

Míster Bob pareció lanzar un solo ladrido de protesta. Nosotros abrimos grandes los ojos y luego suavizamos nuestra expresión actuando una sonrisa de pregunta. Fernandísimo extendió la pausa a un nivel teatral y luego rubricó:

_ Me refiero más bien a … la idea que nos formamos de Dios.

A mí me pareció oír luego de esas palabras, el tañido de unas campanas de iglesia. ¿Habría alguna iglesia por los alrededores? Sentí que estaba empezando a dudar de mí mismo. O ¿habría dudado siempre de mí mismo? Lo que momentos después nos dijo Fernandísimo Plaza de Los Reyes acentuó aún más mis dudas acerca de mí, de la condición humana, de la condición perruna y nos planteó a Antonieta y a mí un nuevo y aterrador desafío.

&&&&&&&&&&&&&

CAPÍTULO 21

Tarud Arab había enflaquecido y los ojos poco menos que se le salían de las órbitas. Unas ojeras negrísimas y profundas adelantaban una pronta condición de cadáver. Después de un diluvio ¿cuántas cosas pueden suceder? No sólo una paloma con una ramita de olivo en su pico, sino también una negra ave de rapiña carnicera y desgarradora. Habían pasado ya tantos meses, las calles se habían secado, el lodo había sido retirado con maquinaria pesada, los cadáveres habían sido amontonados y cremados, los llantos se habían acallado y el Teatro Municipal había sido reconstruido. El show debía continuar. Y eso era lo que le gritaba a cada instante y directo a la oreja, Tarud Arab a Simone Chantal. Poco después de la catástrofe, la mujer se había sentado en un sofá frente a la ventana desde la cual se veía un sauce llorón que lucía no un verde de esperanza sino un verdor de tristeza. Y allí quieta y silente, con la mirada perdida más allá del llanto del sauce, permaneció por meses sin moverse. ¡El show debe continuar, francesa de mierda! ¡Me estás haciendo perder no miles, sino millones de pesos! El canal no puede esperar más. Nos caducará el contrato. Ya no pueden seguir repitiendo las grabaciones de programas antiguos. Se necesita volver al vivo y en directo. No pueden seguir engañando al público. Me dijeron que, si esta semana no te apareces por el set, contratarán a un médium armenio que acepta trabajar por menos de la mitad de lo que a nosotros nos pagan y que tiene el atractivo que trabaja con momias egipcias que lleva al estudio para que ellas se comuniquen con él desde el más allá y que muchas veces las momias se mueven al escucharse sus voces de ultratumba. ¡Están seguros de obtener con el armenio ese un cien por ciento de rating! El único que ha insistido en esperarte a riesgo de perder su puesto de gerente general del canal es Aceituno Mendoza que me ha confesado que lo hace porque lo vuelves loco en la cama y porque a él no le gustan los armenios para esos menesteres. ¿¡Me oíste, puta parisina!?

Por primera vez después de tanto se vislumbró un rayito de sol. Simone sonrió y le asomó un destello de estrella a los ojos. Tarud Arab prefirió entonces tragarse las palabras que estaba dispuesto a vomitar a continuación. Simone siguió mirando más allá del sauce, pero ahora con una sonrisa y con un manantial de voz muy suave que le surgió para decir:

_ Que hombre más discriminador ése Aceituno Mendoza. Encima prejuicioso. ¿Por qué no con el armenio?

Arab no se atrevió a contestar nada. Ella volvió a sonreír.

_ Son títeres.

Esta vez el candidato a cadáver se atrevió a intervenir.

_ ¿Quiénes son títeres, Simone?

Ella no contestó.

_ Simone ¿quiénes?

Y esta vez después de tanto tiempo, la madame Chantal se puso de pie y casi en un grito enérgico sentenció:

_ ¡Esas momias! ¡Esas momias son títeres!

Y Tarud Arab:

_ ¡Simone, bendito sea Dios!

_ ¡Cállate, hereje! ¡Jamás has creído en Dios!

Y otra vez Tarud Arab:

_ Pero ¡ahora sí! ¡Este es un milagro!

_ Vamos de inmediato al canal. ¡Ya verás que milagro!

Tarud Arab suspiró aliviado, las ojeras desaparecieron, sus ojos se acomodaron de nuevo como corresponde en sus órbitas y hasta un leve rubor le maquilló otra vez el rostro.

La mujer cantaba el repertorio de la Edith Piaf mientras se vestía y Tarud Arab se acicalaba en tanto cantaba en lengua árabe la "Canción del Camello que se topó con un tanque del General Rommel al llegar a El Alemain". El título larguísimo hacia dudar de que esa canción alguna vez hubiese sido compuesta por alguien además de que su melodía más que a un músico evocaba a un picapedrero del tiempo de las cavernas. Arab siempre insistía que la canción había sido compuesta por uno de los cuarenta ladrones de Alí Babá. A las preguntas de ¿cómo, que existieron de verdad, no son acaso personajes de un cuento? O ¿cómo iba ese ladrón a estar vivo en tiempos de la segunda guerra mundial?, él respondía con otra pregunta ¿no ha oído nunca hablar del Conde de Saint Germain? Nadie le seguía preguntando, el asunto era demasiado intricado y era mejor hacerse el que se tragaba el cuento. Pero como fuere, entre canciones de la Piaf y la tonada compuesta por el cuarentavo ladrón de Alí Babá, ambos estuvieron listos y volaron raudos al canal de televisión, la gallinita de los huevos de oro que estuvieron a punto de degollar.

&&&&&&&&&&&

$$*\!*\!*\,\text{CAPÍTULO }22\,*\!*\!*$$

PRENSA

Diario "El Centauro":

El joven de la escoba, Dante Carrasco Ugarte, asegura que una incontable mayoría de jóvenes "chilenos de verdad" lo sigue y apoya incondicionalmente en su cruzada de limpiar a Chile de la basura en que lo han sumido la clase política y algunos del poder económico, unidos ambos estamentos por el hábito de la corrupción. Su estrategia de desobediencia a la autoridad dice estar dando buenos resultados. Chile, aseguró enfático y sereno, dejará de ser el vertedero en que lo han convertido y con unión, limpieza de corazón y empeño sostenido y desinteresado lo convertiremos en algo muy cercano a la "copia feliz del Edén".

Diario "La Hora Última".

Son todos Dante Carrasco Ugarte. Un poderoso empresario que, prefiere permanecer en el anonimato, financió la millonaria fabricación de miles y miles de máscaras hechas de un material de alto costo con el rostro del joven Dante Carrasco Ugarte, la esperanza de un Chile digno de los verdaderos chilenos. Es así como por las calles de la capital y de algunas grandes ciudades de provincia tanto del sur como de norte de país, se ven cientos de personas usando esas máscaras. La presencia del "joven de la escoba" se multiplica así de modo exponencial. Si bien, el financista de esta verdadera escalada es desconocido, el notario público Don Daniel Arriagada y Pinto aseguró que el guarda un documento firmado por el misterioso empresario en que declara y se compromete a jamás solicitar un favor político de ninguna especie al movimiento de Dante Carrasco Ugarte, en caso que este llegara algún día al poder. El notario público Don Daniel Arriagada y Pinto nos despidió no sin antes ponerse la máscara que representa la cara de Dante Carrasco. Sus últimas palabras antes de que nos retiráramos fueron: "Como ven, es blanca, No es realmente una máscara. Es más bien un símbolo de la verdad, de las buenas intenciones, de la buena voluntad y de un patriotismo a toda prueba. Somos todos Dante Carrasco Ugarte y Dante Carrasco Ugarte es esperanza y patria renovada."

<u>TELEVISIÓN</u>

Canal 55 "Ultravisión"

En pantalla: ***El lector de noticias poniendo cara de enojo anuncia que miles de manifestantes enmascarados se toman las calles céntricas de Santiago y que su accionar rompe el orden público al obstaculizar el libre tránsito de vehículos. Para su pesar y el de departamento de prensa, los camarógrafos muestran la imagen de miles de personas luciendo la máscara que representa el rostro de Dante Carrasco y toman primeros planos de las escobas que cada manifestante porta y de carteles que rezan "DESOBEDIENCIA – NO MÁS CORRUPCIÓN – POR UN CHILE DECENTE PARA CHILENOS DECENTES". Uno de los camarógrafos realiza un "panning" y muestra a otro camarógrafo que con su cámara al hombro ya tiene puesta la máscara más popular y querida por la inmensa mayoría de verdaderos chilenos. De pronto, la señal se convierte en estática y cae a negro. Una voz dice detrás de la oscuridad de la pantalla "pedimos disculpas, hemos tenido un desperfecto técnico". Pero el desperfecto técnico se soluciona en segundos: vuelve la imagen que muestra una curvilínea muchacha en bikini bebiéndose un Coca- Cola. Sobre impresa sobre la atractiva joven aparece la leyenda "Coca- Cola es mejor que cualquiera otra cosa".***

Canal 12 "Tele Futuro"

En pantalla: **La Plaza Baquedano y gran parte de la Alameda Bernardo O'Higgins saturada de manifestantes usando la blanca máscara con el rostro de Dante Carrasco Ugarte que pacíficamente se han sentado en el suelo. Cantan alegres canciones y por altoparlantes la voz de Dante Carrasco llama con calma y tono amistoso a unirse a la "desobediencia" para quitarle autoridad a aquéllos que no merecen dirigir la patria por haberla convertido en la tierra de la violencia, el odio, la inseguridad, la desconfianza y el pesar. De pronto, una unidad de la policía uniformada aparece y comienza a lanzar chorros de agua contra los manifestantes que permanecen sentados en el suelo sin ofrecer resistencia y soportando estoicamente el baño de agua. De pronto, uno de los policía se abalanza sobre uno de los manifestantes, al parecer forcejean un poco y finalmente el policía le arranca la máscara; queda al descubierto el rostro de un hombre ya mayor que protesta por la acción del policía; el policía lanza su gorra al aire y se coloca la máscara y abrazando al desenmascarado grita "¡yo también soy Dante Carrasco!". Otros policías, decenas de ellos, avanzan hasta los manifestantes e imitan el gesto de su camarada. Las gorras vuelan por los aires, el carro lanza agua cierra sus grifos, voces de ¡vivas! se elevan igual que millones de zorzales y los miles de banderas chilenas flamean libres y al viento pintando de tricolor la luz diáfana de la mañana… Estática… estática… estática… ¡black out!**

RADIO

CB-114 Radio "La Verdad".

Noticia de último minuto. El Ministerio de Justicia y Gendarmería de Chile informaron que a las 4:00 a.m. de esta madrugada será ejecutado Johnny Tunante, el criminal que motivó la reposición de la pena de muerte en Chile. De acuerdo a las reformas legales pertinentes y a la Enmienda 01, el sujeto morirá por inyección letal, procedimiento que se realizará en las modernas dependencias construidas para tal efecto. La ejecución será transmitida por televisión y por cadena nacional en directo.

No obstante, será a la vez grabada para ser retransmitida en horario diurno para que de ese modo todo Chile pueda presenciar el aleccionador espectáculo… perdón, la aleccionadora ejecución. Y ahora continuamos con nuestro alegre programa de música bailable…. ¡Venga la música, en CB 114 Radio La Verdad!… ¡José y sus negros gozadores!… ¡mueva el culito, mi negra, que así se ve mejor…! MÚSICA CUMBIANCHERA.

&&&&&&&&&&&&&

CAPÍTULO 23

La gallina de los huevos de oro los estaba esperando con las alas abiertas. La parrilla de iluminación destacaba los colores exóticos del set, los cablistas y directores de piso prestos en sus posiciones, el control de audio con las orejas atentas, el control de video con sus anteojos "poto de botella" bien ajustados, las seis cámaras apuntando precisas a los distintos ángulos, el director en el switch moviendo los dedos como pianista antes del concierto, el presentador con su sonrisa de piano puesta con anticipación y el público presente en el estudio inclinado hacia adelante sosteniendo el respiro en plena expectación.

No hubo tiempo ni para camarines ni maquillajes. La Madame Chantal y Tarud Arab entraron corriendo al set. El presentador levantó los brazos como un político que saluda a la chusma con ese manido y nada de espontáneo gesto:

— ¡¡¡Aquí, señoras y señores presentes, televidentes de tooodo el país, llega Madame Chantal, la Psíquica de París quien, tras meses de ausencia por ser requerida en las misteriosas, fascinantes y milenarias culturas del Lejano Oriente, vuelve a nosotros para como siempre develarnos que nos repara el futuro!!! ¡¡¡El aplauso grande para ella!!!

Pero ni hubo ni un aplauso grande ni uno chico. No hubo siquiera una mosca volando. Lo primero un silencio y lo segundo un largo ¡Ooooooooohhh! por parte del público. La Madame Chantal abortó el aplauso cuando, entrando como un bólido al set, enfrenta a la audiencia y de un tirón se rasga la blusa y deja lucir sus enormes tetas ya a la sazón algo caídas. Sin dar lugar a respiro, de otro tirón se saca la peluca, la lanza en contra una de las cámaras y muestra su verdadero pelo, corto, pegado al cráneo casi como una Juana de Arco a punto de morir en la hoguera. ¡Ooooooooohhh! El remate final, fue cuando se vuelve, va a la mesita en que la producción había emplazado la espectacular bola de cristal, la toma, se enfrenta al público y levantado los brazos mientras la sostenía, no la deja caer, sino la lanza contra el suelo con la violencia y el poder de un bombardero. La bola estalló en miles de pedazos de ordinario vidrio que se había hecho pasar por fino cristal. ¡Uuuuuuuuhhhhh! Ya a estas alturas, Tarud Arab yacía tendido y tieso en el suelo, desmayado ¿o muerto? La Madame ni se percató y, en cualquier caso, le habría dado lo mismo. Los camarógrafos insistían en hacer primerísimos planos a las tristes tetas ya algo cansadas. Así que cuando Simone Chantal habló lo que los tele- espectadores vieron en sus casas fueron dos tetas parlantes que se movían un poco de arriba abajo y de izquierda a derecha según los desplazamientos y gesticulaciones de la Madame.

_ Se acabó el show, mata de imbéciles boquiabiertos que les meten el dedo en la boca hasta el codo. No soy lo que han visto ni lo que les han dicho de mí. ¡Esta soy yo!

Y dicho, se saca el resto de la ropa y queda desnuda como un huevo sin una pizca de cáscara.

_ ¡Esta soy yo! Una francesa estúpida que se creyó el cuento de los comunistas, que se vino a Chile a jugar a la revolución y que después se hizo puta más que por necesidad por puro gusto y que más tarde se hizo más puta todavía para transformarse en estrella de la puta televisión. Despierten, ridículos y bobos, así como yo y aún peor es el tipo de gente que ustedes veneran, endiosan y obedecen. ¡Se acabó la farsa, merd!

Y sin decir más dio un salto y desapareció por una de las puertas del estudio. El director en el switch se había sacado los audífonos pues el volumen de los gritos de esa francesa demente casi le revienta los tímpanos, pero le comentó al personal que estaba próximo a él: "Al menos obtuvimos un excelente material. Lo que verá la gente en sus casas a la hora de las noticias subirá el rating en un ciento por ciento. Después ya vendrá toda la campaña de desprestigio de esa imbécil y la opinión pública la recordará como una loca. Salvaremos nuestra reputación." Bajó al set y al ver el cuerpo de Tarud Arab, tieso, pálido, tendido en el suelo, gritó por los parlantes: "¡Alguien que cubra ese cadáver con una sábana! Pablo, ¿hiciste un plano del muerto?".

A la hora de las noticias, todo el mundo vio el escándalo editado de modo que se viera a la francesa como un monstruo poseído por cien demonios. Las imágenes obtuvieron un rating absoluto y posteriormente fueron vendidas a altísimo precio a canales televisivos nacionales e internacionales. Se hicieron programas con foros que hablaban de la terrible mujer y psíquicos y expertos opinaban sobre una posesión demoníaca, otros – los ufólogos – sostenían que podía tratarse de un ser extraterrestre infiltrado en la tierra con la misión de remecer a sus habitantes y las especulaciones crecían y crecían y crecía y crecía el dinero para beneficiar a los bolsillos privilegiados de siempre.

Se entrevistó a medio mundo. A cuanto personero de gobierno, experto, opinólogo, académico, médico, psiquiatras y demases encontraron o salió al camino. El único que no aceptó entrevista alguna, renunció a su cargo y se enclaustró para siempre en su aislada casa de piedra a los pies de la cordillera fue Guzmán Peralta, ¿lo recuerdan?

Se vieron tantas cosas después de aquello, pero YO les aseguro que lo que nadie vio fue que Simone Chantal en vez de salir de un salto por la puerta del estudio, se elevó desnuda montada en una escoba voladora. Tomó altura y sobrevoló los tejados de las casas y los techos de los edificios. Es verdad que algunos que pasaban por la calle y dieron a mirar hacia lo alto la alcanzaron a ver, pero no creyeron en lo que vieron. Imperaba un calor enorme y un anuncio de la Coca-Cola invitaba a consumir la refrescante bebida porque "apaga toda la sed". Muertos de sed y de calor y preocupados por sentir que habían visto una alucinación, fueron de cabeza a comprar cientos de Coca-Cola, para refrescarse, para apagar toda su sed y para sacarse la alucinación de la cabeza y volver a la realidad.

Simone Chantal se elevó montada en su escoba hasta mucho más arriba de las nubes e iba feliz. Era la octava jinete del Apocalipsis anunciando que la fuerza del bien había triunfado.

&&&&&&&&&&&&

CAPÍTULO 24

El sacerdote llegó una hora antes. A las cinco en punto p.m. Afuera del moderno y flamante edificio una multitud encabezada por Dante Carrasco Ugarte protestaba con carteles que rezaban "Vuelven a crucificar a Cristo" "Van a ejecutar a un cordero" "Señor Verdugo, pase a la historia, desobedezca".

El sacerdote se sentó en frente al camastro dentro de la celda. Una foto de la Presidenta estaba adosada a uno de los muros. La foto había sido sacada a propósito para la ocasión, pues en la mirada había un brillo de fingida dulzura y una sonrisa de Gioconda. Al pie de la imagen presidencial estaba escrito: "Hijo, mueres por mandato justo de la sociedad, pero yo en espíritu te perdono. Ve y descansa en paz. El Estado velará por tu alma. Tu madre presidenta."

_ ¿Te arrepientes, hijo?

_ Sí, de haber nacido en esta basura de país.

_ Imbécil. Esa no fue decisión tuya. Fue la voluntad de Dios.

_ ¡Qué mala voluntad tiene su Dios para con algunos y qué buena para con otros!

_ Imbécil. Estás a punto de ser ejecutado y blasfemas.

_ Cura estúpido ¿no se da cuenta que me van a matar y que yo nada he hecho?

_ Imbécil, debieras agradecerlo. Te vas a una mejor vida.

_ ¿Cómo sabe que es mejor?

_ Lo sé y punto. Cuestión de dogma. Acéptelo y no más preguntas.

_ Veo que esta vida entera ha sido un dogma.

_ Eres un imbécil, pero pareces culto.

_ Cura estúpido, sólo lo parezco. Estoy hablando por inspiración divina.

_ Imbécil, ¿me estás tomando el pelo?

_ ¿Cuál?

_ La calvicie es nobleza.

_ O exceso de hormonas. ¿Usted también es pedófilo?

_ Retira esas palabras o no te absuelvo de tus pecados y te mueres y te vas derechito al infierno.

_ Cura estúpido, me tiene que absolver para eso le están pagando.

_ En eso no hay discusión posible hijo.

_ Al menos estamos de acuerdo en algo. Se produjo un milagro.

_ Así parece, hijo, aunque yo no creo en milagros.

_ Yo sí ¿me va a creer?

_ Bien, démonos prisa que se acerca la hora de tu inyección. Vamos, facilítame el trabajo.

_ OK.

_ ¡Vaya, sabes inglés!

_ No, sólo se decir OK. Con eso es suficiente. El resto lo iba a aprender leyendo los anuncios de los cafés y restaurantes. No alcancé a saber qué era eso de "happy hours", "break", "off office", "retail," y etc… usted perdone la pronunciación. Reconozco que aparte de mí, los chilenos son los ingleses de américa. Se lo oí a mi mamá desde chico en el cementerio.

_ Bien, déjame ahora cumplir con mi trabajo.

_ OK, padre.

_ ¿Te arrepientes?

_ Bueno ya.

_ ¿Crees en Dios Padre, Jesucristo, el Espíritu Santo y la Santísima Virgen?

_ He creído en cuanta cosa se me dijo. Por eso estoy ahora aquí.

_ ¿Crees?

_ ¡Qué quiere que le diga!

_ Que crees.

_ Sí, poh.

_ Bien. Yo te absuelvo. Ahora anda a morirte tranquilo.

Sonó un timbre. Aparecieron dos gendarmes. Es la hora, dijeron. Cogieron a Johnny Tunante cada uno de un brazo y le fueron llevando a lo largo del pasillo. Las ampolletas en el techo pestañearon tres veces. Al llegar al portón que conducía a la sala de ejecución, Johnny Tunante volvió la cabeza y se despidió:

_ Chao, cura estúpido.

_ Chao, imbécil. Cuídate mucho.

Dos lagrimillas nublaron un algo los ojos del cura. El portón se cerró con ruido de lápida.

&&&&&&&&&&

CAPÍTULO 25

Solemne nos hizo sentarnos frente a él. Como intuyendo esa solemnidad, Míster Bob se sentó a su lado en sus dos patas traseras en actitud de gárgola.

_ Les tengo una muy buena noticia – empezó diciendo Fernandísimo Plaza de Los Reyes – Lo primero es que sepan que desde hace mucho me he dado cuenta que la amistad de ustedes hacia mí…

Antonieta y yo nos miramos con satisfacción ya al inicio de estas palabras. Habíamos convencido al vejete.

_ … me he dado cuenta que la amistad de ustedes hacia mí es completamente falsa.

El balde de agua fría nos dejó rígidos. Tendríamos que resignarnos a seguir viviendo en la medianía y la mediocridad de la clase media.

_ Lo segundo es que no obstante ese engaño, los entiendo. No hay un ser humano en el planeta que de alguna u otra forma haga cualquier cosa por dinero. Ustedes son jóvenes y ambiciosos y quieren una vida mejor que la que tienen.

Yo no me atreví a empezar a sonreír aliviado. Tampoco Antonieta. El discurso del vejete siempre era imprevisible. Daba giros inesperados como una pirinola caprichosa.

_ Por lo tanto y, gracias a mi espíritu compasivo y caritativo, deseo premiar el gran esfuerzo que han hecho como actores consumados de forjar esa mentira. Decidí dejarlos de herederos, acontecida mi muerte, de parte de mi fortuna.

Antonieta al fin abrió la boca acosada de ¿escrúpulos?

_Fernandísimo… no sé qué decirle … agradecerle…pero, antes que nada, expresarle que siempre lo hemos querido como a un ….

_ ¡No sigamos con más mentiras! ¡Ya no necesitan seguir con la farsa! ¡Han sido desenmascarados, pero son mis herederos!

Míster Bob como siempre corroboró las palabras de su amo. Lanzó un solo ladrido preciso. Plaza de los Reyes le agradeció el gesto haciéndole cariño en la cabeza. El perro emitió unos gruñiditos tiernos de regalonería. Nuestro severo benefactor continúo.

_ Una cuarta parte de todo lo que poseo la heredarán ustedes dos, Antonieta y Ricardo. Las otras tres cuartas partes de mi fortuna serán para mi perro Míster Bob. Se lo merece de sobra. El nunca miente… y ninguno de los de su raza.

_ Pero…

Fernandísimo alzó una ceja frunciendo el ceño y lanzándole la mirada de ese ojo como un disparo certero:

_ ¡¿Algún problema, señora Antonieta?!

_ No, Don Fernandísimo, por supuesto que no.

_ En fin… ¡una mentira más!… pero, dejémosla pasar.

Se quedó unos momentos callado como rumiando algo en su interior y luego con un grito casi fuera de sí, explotó:

_ ¡Es que no pueden dejar jamás la mentira de lado por la misma mierda! Sea sincera, ¡sinceraaaa!, diga lo que siente. ¡Diga que encuentra ridículo que le deje mi fortuna a un perro, diga que me considera un viejo de mierda por preferir darle a un animal y no a los que me sirven en esta casa, diga que maldice el que no les haya dejado a ustedes dos el total de mi fortuna, diga que desea que me muera pronto porque usted está que se muere por ser ricachona lo antes posible! ¡Dígalo, dígalo, dígalo! ¡Muéstrese como es alguna vez!

Lo gritó todo alzando los brazos, blandiendo el bastón, con los ojos dilatados, con el rubor encendido en las mejillas, con vibratos en la voz nunca antes oídos y todo esto rubricado con los frenéticos y casi descontrolados ladridos de Míster Bob que le iba haciendo a las palabras del vejete, un coro estruendoso. Antonieta solo pestañeaba como una muñeca a control remoto y yo me iba dando cuenta que ambos éramos una mierda, que todos éramos una mierda y que Míster

Bob era el único que se merecía ingresar al Reino de Los Cielos. ¿Habrá considerado Dios a los animales en su política inmigratoria?

Pareció que amo y perro estaban comunicados por una amistosa telepatía. Ambos se callaron el mismo tiempo, al unísono en una decisión de mil milésimas. Fernandísimo Plaza de los Reyes volvió a sentarse y continuó hablando, calmo, sereno, afable como si fuera otro.

_ Bien. Suficiente. Mis disculpas. Como decía tres cuartas partes para Bob y una cuarta para ustedes. No se desanimen. Eso es mucho dinero, pero muuucho dinero. Considérenlo como un Oscar en premio a vuestra actuación. En cuanto a mis empleados, mis colaboradores en esta casa, ya les he dado su parte en vida. Mucho dinero también como para que pudieran dejar de trabajar hoy mismo por el resto de sus vidas. Pero ellos, leales, me han manifestado que seguirán trabajando a mi lado hasta que yo los necesite. Es decir, hasta que yo desencarne. ¿Creen en la reencarnación?

Respondimos a la vez:

_ Sí, por supuesto… por supuesto que sí.

_ ¡Mentira no creen! Ustedes son católicos.

Nosotros agachamos la cabeza. Él continuó.

_ Mis empleados por cierto no son humanos. Pertenecen a la raza canina, sólo que no ladran. No tienen ese privilegio.

Como lo quedamos mirando con cara de pregunta, explicó:

_ Si usted sólo puede ladrar es imposible mentir. Los ladridos no están hechos para mentir, ni el trinar de los pájaros, ni el rugido del león, ni el tronar de los cielos. Pero las palabras son el vehículo de las mentiras. "Lo que sale de la boca del hombre eso contamina al hombre" dijo el Señor Jesús.

Nos dimos cuenta que nuestro hombre era inspirado. ¿Le estaría llegando la demencia senil?

_ Lo último. En unos días más al fin regreso a casa.

_ ¿Cómo, Fernandísimo? ¿No está acaso ahora en su casa?

La pregunta de Antonieta reafirmó mi teoría que el vejete entraba ya en plena demencia.

_ Amiga, New York es mi casa.

_ ¿Ha estado usted allá antes?

_ Jamás. Pero así lo siente mi corazón. Ese es mi hogar original. Lo he sentido desde muy pequeño, aunque sólo conozco la manzana por películas y fotos y por lo que mi padre me hablaba de allá. Él viajaba a menudo por asunto de negocios y adoraba esa ciudad. Así que vuelvo a mi casa. ¡Vaya a saber si en una reencarnación anterior!

Hizo una pausa.

_ No se preocupen, el testamento está hecho y yo les dejaré mis señas para que sepan dónde ubicarme en New York. Este encuentro ha terminado. Gracias. Vayan con Dios y felices. Tienen un dinero asegurado por muchos años de sus vidas. Que tengan buen fin de semana.

Una vez en la calle, Antonieta más que caminó corrió. Yo iba detrás de ella tratando de alcanzarla para que me escuchara.

_ ¿Qué dices de todo esto?

Y con el aliento entrecortado me respondía.

_ ¡Qué quieres que te diga! Es una miseria lo que recibiremos en comparación con ese perro de mierda.

_ Algo es algo.

_ ¡Conformista como todos los chilenos! Hay que hacer algo.

_ ¡Hacer qué!

_ Primer matar al perro y después matar al viejo. O matarlos a los dos al mismo tiempo.

_ Pero él se va a New York.

Yo también comencé a jadear.

_ Habrá que ir hasta allá. Será más fácil matarlo.

_ Podemos hablar con alguna de las mafias. La italiana, la rusa, la japonesa, la china. La que nos cobre menos.

_ Y ¿cómo les vamos a pagar?

_ Una vez que recibamos la herencia.

_ No, Antonieta, no lo van a aceptar. Pedirán pago por adelantado. Al menos una parte.

_ Tienes tarjeta de crédito ¿no?

No le contesté. Ya no me quedaba resuello para hablar y me había quedado muy atrás. Ella corría como un avestruz. Sólo pensé: "los animales matan para subsistir, los hombres para lucrar". Un bocinazo y una frenada escandalosa me sacaron de mis pensamientos,

Un camión casi aplasta a mi esposa. Lamentablemente el chofer era demasiado hábil y evitó la tragedia. Una lástima, me habría ahorrado el trabajo de asesinar yo a Antonieta cuando llegara el momento. Su diablo de la guarda parecía ser una criatura demasiado alerta.

&&&&&&&&&&&&&&&&&

✳✳✳CAPÍTULO 26✳✳✳

El show debía continuar así que la sala presencial ya estaba atestada de gente, la prensa, autoridades del poder judicial, representantes de las fuerzas armadas y de las policías uniformada y civil, el ministro del interior y una larga lista más de cómplices. El Alcaide hacía de anfitrión. Al otro lado del vidrio se veía la camilla alba, aún sin estrenar, con sus respectivas correas y las delgadas mangueras plásticas que conducirían la muerte hasta las venas y el corazón de Johnny Tunante. Más arriba, en una especie de altillo estaba la jaula de vidrio del verdugo, el químico encargado de inyectar las drogas somníferas y finalmente la sustancia letal. Alfredo Mortimer Camposanto, PhD. en Química Aplicada, Harvard University, no sólo ejecutaría el proceso, sino que además era quién había creado la fórmula de las sustancias pertinentes. Cuando entró a su cubículo, muchos de los presentes lanzaron una exclamación de sorpresa y sobrecogimiento. Entre la cara del monstruo del Dr. Frankenstein y la del Dr. Mortimer, la única distancia que había era que a éste último no le salían dos tornillos por las sienes.

Entonces entró a la sala de ejecución una estupenda muchacha de inquietante y curvilíneo cuerpo y de rostro de estrella hollywoodense vestida de enfermera. Reviso las instalaciones no sin antes brindar a los presentes del otro lado del vidrio una coqueta sonrisa televisiva. Enseguida, entró Johnny Tunante tomado de ambos brazos por otras dos bellezas también ataviadas de enfermeras. Con delicadeza femenina y hasta maternal lo ayudaron a recostarse en la camilla y le ajustaron las correas y conectaron las gomas conductoras. La muchacha que entrara primero le preguntó al condenado con la voz más dulce de su registro de ternura "Johnny desea decir algo antes de emprender su viaje". Johnny titubeó unos segundos y luego dijo "Hey, a los del otro lado, a los mirones de allá, consíganme un pasaje de ida y vuelta más mejor" y se quedó callado. Alguien en la platea comentó a otro al oído "el chico cree en la reencarnación; no es tan simplote como suponíamos". La chica estupenda que se había quedado sola con Johnny, le preguntó con miel en sus palabras "algo más que decir, Johnny". El condenado no respondió. Entonces ella se inclinó sobre él y le brindó un tierno beso en los labios. Esto hizo reaccionar al "monstruo asesino", así tildado por los "amigos" de la prensa, quien trató de incorporarse en vano poniendo la boca como trompita de elefante a ver si prolongaba el beso. Pero la chica ya se había incorporado y se dirigía a la puerta de salida. Antes de retirarse miró por última vez a la audiencia y anunció: "Les recomiendo Valerian Standardized de Gold Laboratories, lo mejor para calmar los nervios".

Su inglés era perfecto, aunque era lo único que sabía decir. La verdad es que en la sala presencial había al menos dos gigantografías anunciando el producto. Afuera, a la entrada del edificio penitenciario se habían instalado desde muy temprano otras lindas promotoras regalando sobrecitos con las cápsulas de valeriana y proporcionando a quien lo quisiera un vasito con Coca-Cola sin cafeína (había otra gigantografía al respecto) para que las ingiriera y así ver la ejecución sin estrés ni incomodidad alguna. Esta vez, las autoridades habían hecho una impecable gestión.

En la sala presencial, un violinista amigo del mandamás del FONDART (Fondo para las Artes y la Cultura) y que había ganado la propuesta de esta institución para esa presentación y otras futuras por una suculenta suma, comenzó a ejecutar con el típico son plañidero de su instrumento la "Canción del Adiós". Algunos derramaban algunas lágrimas. Después de todo era bien visto. Cuando la triste melodía flotaba por todo el espacio de la sala, entró una mujer viejecilla y modesta y confundida y apocada se quedó de pie mirando sin saber qué hacer. Alguien la vio y le dijo a lo bajo "Siéntese por aquí, señora". Ella respondió "gracias" con su boca de solo algunos dientes y se sentó, las manitas cruzadas sobre la falda y los hombritos encogidos.

Miraba fijo al hombre que estaba atado a la camilla. Era la madre de Johnny Tunante.

&&&&&&&&&&&&&&&

*** CAPÍTULO 27 ***

Es justo y necesario decir qué hay y qué acontece en Brooklyn y específicamente en Williamsburg, muy cerca de la calle Bedford. Las cosas más asombrosas, silentes y casi en el anonimato de las sombras están emplazadas en lugares insospechados, habituales que por lo mismo no llaman mayormente la atención. En este caso, el edificio que fuera el primer Banco de Ahorro construido en Brooklyn en 1865 por tanto tiempo de estar allí a pesar de su belleza y majestuosidad, no llama mayormente la atención. La gente eso sí se fija (los que se fijan) en la belleza de su alta cúpula coronada con la figura de un ser dorado que parece estar saltando hacia el cielo, en el brillo y hermosura de sus antiguos metales que parecen recientes gracias al arte y el talento de algún anónimo artista, en la nobleza de su maderamen antiguo y reluciente gracias al cariño de esas mismas manos y en la imponente inmovilidad severa y amable a la vez con la cual ha atravesado los años. Algunos creen saber sobre ese especial edificio. Están convencidos que está en manos de unos inversionistas y empresarios argentinos que, con vocación por la belleza y visión comercial, se encargan de mantenerlo en un óptimo estado presente cuidando de conservar en cada milímetro la historia y antigüedad de la colosal construcción. Sostienen además que el artífice que hace posible la restauración, antigüedad y arte es un estrafalario artista de estatura mediana, rubio como el trigo, de larguísima cabellera que le cae hasta la cintura, con impresionantes tatuajes en los brazos y en el pecho, que usa un tongo negro y elegante adornado con una pluma roja en el costado como anunciando sus ansias de libertad y vuelo y su desapego a lo mundano y que se traslada por las calles de Brooklyn y de Manhattan en una vistosa bicicleta colorada. Algunos creen saber que es nacido en Chile y esos mismos aseguran que lo llaman Chile. "Eh, Chile, ven mira estas chapas que hay que restaurar," "Hey, Chile, hermoso tu sombrero". Sin embargo, hay quienes afirman sin dudar ni un instante que el tipo en cuestión se llama Lucho o Luis. Bueno, para el caso da lo mismo. Lo cierto es que el mundo en que toda esta gente vive es una simple ilusión. Lo que ven son solo fantasmas. Detrás de toda esta apariencia está la verdad.

La verdad de la mansión de Williamsburg es que en su interior habita Mary Mayflower, The Powerfull. Nadie de ellos lo sabe, nadie de ellos la ha visto. Pero así es cómo son realmente las cosas.

El interior de aquella majestuosa arquitectura es enorme, señorial, propia de los mármoles de los palacios del imperio romano. Contando con los cinco subterráneos y la enorme cúpula central que se eleva por decenas de metros hacia los cielos, aquello puede ser considerado una construcción de más de quince pisos. En lo altísimo de la cúpula de mármol, vitreaouxs, bronces y acero vuelan constantes siete bellas águilas. Jamás descienden hasta el piso de brillantísima cerámica. Siempre están volando en círculo o dibujando bellas maniobras aéreas, atentas, avizoras, guardianas. Cuando alguna necesita descanso se va a posar a los hombros de Mary Mayflower, The Powerfull. La mujer es alta, rubia de ojos azules intensos, noble el perfil de nariz recta y fina, indefinible la edad desde la mirada terrenal y eterna su trayectoria en la existencia. Si alguien que pasara por frente del edificio tuviera la oportunidad de verla tendría la alucinante impresión que se trata de una mujer bella y joven con años luz de antigüedad. Ella es The Powerfull pues sabe y decide. Su poder es casi invisible, pero muchas veces, las más, es visible en sus consecuencias. Cuando el Enola Gay lanzó sendas bombas atómicas en Hiroshima y Nagasaqui y con eso se logró la definitiva rendición de Japón durante la Segunda Guerra Mundial, todos creyeron que tal decisión y operativo emanó del presidente Truman y su asesoría militar. Una vez más la fantasmagoría de la realidad terrenal les hizo a todos creer lo que no era.

Como no todo no puede ser revelado por razones que me reservo, no diré ni por qué ni cómo Mary Mayflower supo de Fernandísimo

Plaza de Los Reyes viajaba a los Estados Unidos de América, específicamente a New York, con la intención de establecerse allí por el resto de su vida porque consideraba que de alguna manera volvía a casa, aunque nunca antes había visitado aquellos lugares, íconos del mundo. Sabía también que el sujeto procedía de Chile, ese país sudamericano tan austral, tan sudamericano.

La vez que Mary Mayflower, The Powerfull pronunció el nombre de Fernandísimo Plaza de Los Reyes, levantando sus brazos en gesto de hechicera y alzando su voz hacia lo alto de la enorme cúpula y anunció su inminente viaje hacia New York, las siete águilas se inquietaron volando veloces y violentas en una danza de guerra emitiendo no sonidos de pájaros sino palabras ininteligibles cuyos sonidos le habrían sugerido al hombre de la calle oscuros significados. Y mientras esto ocurría, ya traspasados los siete umbrales, pasaban por la calle Broadway de Williamsburg en Brooklyn frente al icónico edificio de 1865 muchos transeúntes que se detenían a mirar entretenidos cómo en lo alto de una grúa andamio en el tope de cúpula, un estrafalario artista rubio de pelo hasta la cintura al que le gritaban "Chile, no te vayas a caer" se ocupaba en cubrir con pátinas secretas del oficio la dorada figura que saltaba hacia el cielo. También se detenían ante el vocerío alegre orlado de risas que los empresarios argentinos lanzaban al aire con sones bonaerenses en la puerta central del edificio, mientras dentro en el hall central bajo la cúpula románica, Jensen, el carpintero jefe, construía con su noble artesanía de siglos un retablo de Belén para un gran evento de navidad. Los festines estaban por comenzar.

&&&&&&&&&&&

CAPÍTULO 28

La viejecilla no despegaba los ojos de su hijo tendido en la camilla de la muerte. Éste yacía quieto con los ojos cerrados y el ritmo de su respiración en su abdomen quedaba oculto bajo la sábana albísima. Luego de unos instantes en que la música del violín seguía entristeciendo la atmósfera, la madre cuidadora de tumbas y mausoleos, se inclinó hacia la persona que tenía al lado y en susurro le pregunto al oído "Señor ¿habré llegado tarde? ¿Ya está muerto?" El otro le contestó: "No, llega a tiempo. Todavía no matan a ese bellaco". La viejecilla no se atrevió a decir nada, pero se estremeció de pies a cabeza. El otro quiso seguir la conversación: "Con todo respeto, ¿usted quién es? ¿La madre de una de las víctimas?" Esta vez la mujer se atrevió a replicar: "No, mi señor, soy madre de la única víctima. Soy la mamá del niño que está al otro lado del vidrio." Al tipo en cuestión toda la sangre le drenó a los pies y se puso más pálido que como iría a quedar el futuro cadáver a exhibir. Corrido se levantó y se fue a sentar al fondo de la sala presencial. Al verse siendo el único en esa fila de butacas, le vino un acceso de risa que tuvo que reprimir apretándose la boca con ambas manos y poniéndose ahora tan rojo que cualquiera que lo hubiere visto pensaría que iría a reventar. Para colmo, el violinista acalló su violín y un silencio de muerte se instaló en el recinto con su muda guadaña. La ejecución estaba a segundos de comenzar y la justicia a instantes de levantar su espada en su doble papel de verdugo y diosa de la equidad y rectitud.

Cuando el PhD en Química, Harvard University, Dr. Alfredo Mortimer Camposanto, levantó el pulgar en señal de que estaba listo para proceder y el Alcaide desde el otro lado le cerró un ojo apoyado en el respeto a la diversidad, los últimos segundos de Johnny Tunante comenzaron a llegar a su fin. El Frankenstein chileno presionó el émbolo del primer inyector. Se vio cómo un líquido celeste circulaba por las mangueras conductoras y se introducía en las venas de aquél chacal. Se le vio suspirar como en un gesto de alivio y fue notorio que se quedó profundamente dormido. A la viejecilla le empezaron a temblar sus manitas. Los demás disfrutaban el proceso. Eran tres las inyecciones. Faltaban dos. El Alcaide volvió a cerrar un ojo esta vez con mayor simpatía. El PhD. En Química, Harvard University, dejó pasar el gesto indiferente, pero obedeció la orden o ¿la sugerencia? Oprimió el segundo émbolo. Una mixtura color verde se introdujo en el cuerpo del mártir como una serpiente ávida. Johnny Tunante se estremeció en una convulsión violenta de todo su cuerpo, abrió la mandíbula y luego la cerró con violencia cerrando la boca como una hermética caja de labios apretados. De estar dentro, su madre habría escuchado un rechinar de dientes. Luego fue todo inmovilidad. La pobre viejecilla entonces no se pudo contener más. Lanzó un sollozo largo, desgarrador como el aullido de un lobo herido en la frente. Entonces una voz desde el fondo se alzó imperiosa: "Señora, evite manifestaciones de histeria. No es el lugar ni el momento. Mejor salga si no se puede contener y tómese una de las cápsulas de valeriana y una vez calmada vuelva si no se quiere perder el final". Pero la madre de Johnny Tunante lo ignoró. Eso sí, reprimió la expresión de su dolor y se quedó callada con la cabeza gacha.

Había llegado el momento final. Había que inyectar el último definitivo líquido letal. Esta vez, el Alcaide se sintió afectado. Sabía que esta última inyección era la muerte segura para ese pobre congénere suyo cuya sentencia injusta él por supuesto no ignoraba. Hubo así, un escrúpulo en él y esta vez no guiñó ojo alguno. Hizo un solemne gesto de asentimiento con la cabeza. Frankenstein, el PhD. En química, Harvard University, puso su mano sobre el último émbolo y antes de oprimir esbozó una extraña sonrisa. ¿No pudo acaso reprimir la satisfacción de sentir que era el verdugo ejecutor y que pasaría a la historia? Inyectó a inusitada velocidad la muerte en las venas del chacal. Era un líquido negro, viscoso. Johnny Tunante se estremeció, hubo algunos estertores y finalmente la inmovilidad de la muerte convirtió su cuerpo en cosa. Todos miraron ávidos. Ahora su cuerpo había alcanzado la solemne categoría de cadáver. Su madre apretó aún más sus labios. Comprimió con todas sus posibles fuerzas el vientre con esas sus manitas arrugadas y manchadas de las pecas de la vejez. Estaba conteniendo en un esfuerzo desesperado una hemorragia mortal de llanto. La autoridad de una voz al fondo de la sala había sido capaz hasta de reprimir sus impulsos naturales. La autoridad estatal iba camino hasta controlar los suspiros. El placer de los políticos es sentirse dioses, pero dioses subterráneos. Después de un silencio que al comienzo pareció un gesto de reverencia, los asistentes comenzaron a aplaudir. Frankenstein del otro lado contestaba con venias de bataclana al final de show. El artista contratado por el FONDART reanudó entonces su trabajo interpretando en su violín La Marcha Fúnebre de Beethoven. Los aplausos continuaban como pidiendo un bis. Era imposible. Habría sido necesario un segundo condenado esperando su turno en el pasillo de la muerte asistido por la despampanante rubia encargada de la instalación. Pero, por ahora no había un segundo condenado. Ya vendrían más. Siempre es bueno tener a algún culpable y un chivo expiatorio. Así la manga de malvados que manejan al rebaño siempre aparecerán como los buenitos y justicieros.

Rodeado de los aplausos, la viejecilla se mantenía en su butaca inclinada como queriendo hacerse un ovillo y en silencio lloraba ocultando convulsos sollozos. Entró a la sala de ejecución el médico encargado de constatar y certificar la muerte. Se inclinó sobre el cadáver con el fonendoscopio pronto a captar el silencio de la muerte. En eso estaba cuando repentinamente dio un salto hacia atrás, aterrado. Fue el estallido de risa. Fue una explosión, una carcajada que salió expulsada con la fuerza de un géiser y que se fue prolongando y prolongando en una risa incontenible in crescendo sin parar un segundo. Los aplausos cesaron como un repentino black out y el violín se silenció como abatido por un francotirador. Era el muerto. El muerto había despertado muerto de la risa.

&&&&&&&&&&&

CAPÍTULO 29

_ Antonieta, me llamó.

_ ¿Quién?

_ Fernandísimo.

_ ¿Qué te dijo? ¿Desistió de dejarle casi toda la herencia al perro?

_ No, quiere que lo vayamos a despedir.

_ ¡Qué! ¿Ya se va?

_ Sí, finalmente viaja a New York. Vuelvo a casa, me dijo. Se le oía radiante. Insiste en que New York es su casa a pesar de no haber pisado jamás la ciudad.

_ ¿A qué hora sale su vuelo?

_ En una hora más. Tenemos que apresurarnos.

_ ¿En qué vuelo viaja, por cuál línea aérea?

_ Por ninguna. Me dijo que al final decidió arrendar un avión particular para él sólo. Pare él y míster Bob. Vístete y vamos enseguida. ¡Ah!… no es bueno que tomes sol desnuda aquí en el balcón. Mira a tu alrededor, hay una cantidad considerable mirándote con anteojos larga vista desde los otros edificios. Mira ese otro cómo te filma.

_ Es lo que quiero. Hacerme famosa de alguna manera. Te apuesto que más de alguno me sube a internet. Imagínate la cantidad de descargas después.

_ Pero gratis. No sea putita barata, dulzura.

_ No lo hago por negocio. Lo hago por fama. El dinero no me preocupa ahora. Muy pronto seremos ricos cuando matemos al perro y a su amo. ¿No sería posible hablar con algún mecánico en el aeropuerto y ver si por algún incentivo suelta alguna piececita del motor para que el avión falle en pleno vuelo?

_ No es mala idea, pero difícil a estas alturas. Estamos muy encima de su partida. No conocemos a nadie. En todo caso, no te demores más. Nobleza obliga. Debemos estar allá para decirle adiós.

Me hizo caso. Antonieta no se demoró ni diez minutos en vestirse. Se vistió una cortísima mini falda roja, una parca militar verde oliva con el grado de sargento en la manga izquierda y que le llegaba unos poquísimos centímetros antes de la rodilla, un quepí también militar e igualmente verde oliva y unos anteojos para sol como los que usan los pilotos de guerra. Uniformó sus pies con zapatillas de caña mediana cuya tela lucía el estampado típico del camuflaje militar verdoso- café.

_ Debo despedirlo con honores militares. Y además es mi indumentaria de combate para cuando viajemos a New York a matarlo. Desde hoy comienza nuestro operativo castrense. Tú también debieras ir pensando en una tenida como ésta. El operativo "muerte al perro" necesita una mentalidad militar, fría, serena, táctica y previsora. Se empieza a ser militar poniéndose el uniforme. La ropa configura al muñeco – decía Antonieta en risotadas alegres, juveniles e histéricas.

Yo le respondí:

_ No sólo los militares matan con frialdad y cálculo. Basta con no ser perro.

Y partimos soplados para el aeropuerto.

&&&&&&&&&&&

CAPÍTULO 30

El Alcaide gritó furioso:

_ ¡Doctor Mortimer, qué estupidez ha hecho!

Mortimer contestó desde su caseta a través del micrófono:

_ Parece que me falló la fórmula. Algo debe haber pasado dentro de mi cabeza.

El Alcaide:

_ Imbécil. Lo que le va a pasar ahora es que se va a quedar sin cabeza. Habrá que reformar la constitución y contemplar la guillotina para cortársela.

La gente gritaba espantada. Algunos pocos se reían acompañando al hilarante cadáver. La más alegre era la viejecilla que ahora saltaba alegre como un monito y que palmoteando las manos decía:

_ ¡Bendito sea Dios! ¡Mi niño, le ganaste a estos verdugos y asesinos! ¡Siga riéndose nomás mijito, búrlese nomás de ellos!

La risa de Johnny Tunante iba en peligroso y acelerado aumento. Se veía que hacía esfuerzos por desatarse de las correas que lo aprisionaban. Era notorio que la risa lo estaba asfixiando.

_ Hagan algo – seguía gritando el Alcaide – La ley debe cumplirse. Que el oficial de Gendarmería entre y lo liquide de un balazo.

La voz típica de una mujer involucrada en la politiquería se alzó en seguida:

_ Eso no se puede hacer. Soy la Presidenta de la Comisión de Derechos Humanos. Nada de balazos. Eso es violencia.

El Alcaide estaba fuera de sí:

_ ¡Me meto sus Derechos Humanos por el culo, comunista de mierda! ¡Dispárenle a ese asqueroso delincuente duro de matar!

Pero la risa ya había llegado al máximo posible y en esa millonésima de segundo, Johnny Tunante murió de golpe y definitivamente. El balazo no había sido necesario si alguien hubiese cumplido esa orden. Johnny había muerto ahogado en su propia risa. La viejecilla se quedó inmóvil y perpleja. El médico, con mucha cautela, se acercó de nuevo al cadáver. Auscultó. Esperó unos segundos. Nada, sólo un silencio negro dentro del cuerpo. Entonces levantó ambos brazos en triunfo y grito exultante:

_ ¡Ahora sí que está muerto y para siempre!

Hubo un unísono ¡hurra! en la sala presencial y el violinista bailoteando como un duende arriba de un tejado empezó a tocar la alegre canción "Oh, Susana, no llores más por mí". Todos estaban satisfechos y contentos. La ley se había cumplido, la justicia se había impuesto. El Alcaide llamó conciliador al Frankenstein chileno:

_ Venga, Doctor, estrechemos nuestras manos. Perdone el exabrupto de hace un momento. Usted es un genio. Matar a un hombre de la risa. Qué gran titular, qué aumento en el puntaje en la aceptación de nuestro gobierno. El Gobierno y el Estado de Chile, ejemplo único en el mundo, dan con la fórmula para condenar a los delincuentes extremos con una muerte feliz. En Chile, la Justicia ejecuta a sus condenados a muerte, matándolos de la risa. Ahora sí que en Chile la alegría llegó.

El Dr. Mortimer Camposanto, PhD. En Química, Harvard University, el Frankenstein chileno esbozó una sonrisa de condescendencia. Pero luego se le entró la mirada hacia lo profundo y quedó ausente del entorno. Pensó: "Fracasé, la dosis fue excesiva; ojalá que no me descubran la blanca máscara de Dante Carrasco Ugarte que oculto en el subterráneo de mi laboratorio".

Pasó frente a él, la viejecilla cuidadora de tumbas. Iba triste nuevamente, pero resignada. Curiosamente lo miró a los ojos con un inexplicable matiz de amistad y agradecimiento. Él contestó esa mirada con una sonrisa que endulzó ese rostro de monstruo. Ella también contestó la sonrisa y siguió su camino hacia la salida. El tierno Frankenstein la quedó mirando mientras se alejaba. Las madres tienen un instinto a toda prueba.

&&&&&&&&&&&&&&

CAPÍTULO 31

Llegamos a tiempo. Pudimos entrar a la losa del aeropuerto luego de discusiones y una burocracia kafkiana. El avión particular arrendado por Fernandísimo era una hermosa nave de fina estampa. Parecía un pájaro de la clase alta, largo, aguzado, esbelto en su horizontalidad con alas que parecían finas aletas que se esmeraban en alcanzar la cola donde el timón lucía alto, directo hacia el cielo. Las cuatro turbinas, dos bajo cada ala, lucían como dos órganos de la velocidad, discretos y elegantes. Era un pájaro color rojo italiano intenso que de seguro haría mirar hacia el cielo a muchos transeúntes cuando sobrevolara Manhattan. Era un pájaro dispuesto a conquistar New York. Así debe de haberlo sentido Fernandísimo Plaza de los Reyes que ya se disponía a subir la escalerilla de la nave presidido por Míster Bob. Los ojos de ambos, amo y animal, brillaban de esperanza.

_ Creí que ya no llegaban. Bob y yo estábamos un tanto desencantados.

_ Discúlpenos, Fernandísimo. Usted sabe, las trabas en los aeropuertos.

_ O el hábito de dejarlo todo para última hora, mi amigo. Pero, en fin, ya están aquí. Necesitaba ver que mis herederos al menos me vinieran a decir adiós. Para tranquilidad de ustedes, ya todo está arreglado y los papeles firmados y en forma en manos del albacea y abogado.

_ No sólo lo venimos a despedir, sino que también le prometemos ir a visitarlo a New York. Usted tendrá un rinconcito donde alojarnos ¿verdad, Fernandísimo? - intervino Antonieta con una sonrisa ¿macabra o simpática? He aprendido a no estar seguro de lo que percibo. No sé si lo que veo es lo que veo o si lo que pienso es lo que pienso o si lo pienso es porque lo quiero pensar o porque alguien me induce a pensar así o porque no puedo pensar de otra manera. Tantas cosas vividas y tantos proyectos a futuro, algunos por cierto no muy santos, me tienen hecho un ovillo. Trataba en ese instante de mirar a Plaza de Los Reyes no como mi futura víctima sino como mi benefactor y amigo. Igual me pasó con el animal. Mr. Bob me había lanzado una mirada tierna y entonces quise en mi profundo interior ser un hombre que amaba a los animales. Miré a Antonieta. Sabía que iría a ser también mi víctima. Algo entonces me angustió. Lamenté no ser un buen ser humano y sentí que la única víctima allí era yo mismo. Yo era mi propio victimario. ¿Cómo evitar eso, Dios mío?

_ Mi querida, Antonieta. Yo vuelvo a mi casa. New York es mi casa, mi lugar, mi sitio en el planeta y, por lo tanto, New York entero será el rincón donde usted se podrá alojar.

La voz de Fernandísimo sonaba radiante, convencida, llena de sentimientos positivos, de buenos deseos, embargada de una emoción de felicidad.

_Gracias, amigo nuestro, gracias. Lo que no entiendo es cómo siente eso usted cuando nunca antes a estado en New York.

Antonieta se había expresado con sinceridad. Una gota de rocío de verdad al menos.

_ Así es, Antonieta. Pero uno nunca sabe. Quizá antes alguna vez allá estuve. Muchas son las moradas de mi Padre dice Jesús. En todo caso misterios de la vida.

Lo decía sonriéndonos benévolo y condescendiente. Antonieta se puso incisiva.

_ Sin embargo, ya ve lo que le pasó con la pitonisa francesa, la tal Madame… ¿Chantal?… Fue todo un fraude confesado por ella misma en pleno programa al aire en la televisión.

_ Sí, así fue y el tipo que era su representante, el tal Tarud Arab, el principal gestor de la mentira murió allí mismo de un infarto.

Fue objetivo y calmo es decir esas palabras Fernandísimo.

_ Pero me imagino que usted no seguirá creyendo en esos poderes mentales que la bruja francesa le hizo creer que usted tenía – insistió Antonieta aún más incisiva.

_ ¿Por qué no?

_ Pero…

_ Escúcheme, mi amiga. Vivimos en un mundo en que todo es mentira y creemos en esas mentiras y por esas mentiras nos movemos. Sólo que no son mentiras confesadas. La de esa mujer pasó a ser una mentira más honesta, pues es una mentira confesada. Ya sé que me mintió, pero esa mentira me dejó una fragancia en el alma que es bueno no perder. Me sentiré más seguro allá al creer que tengo el poder de hacer algo bueno para ese país que tanto quiero. ¿Acaso usted no se sintió triste y dejó de ser la niña que era al enterarse que Santa Claus no existía? Esa es una mentira que jamás debe ser confesada pues es una mentira buena, una tierna fantasía del alma, un remoto anhelo de amor que el hombre tiene muy en su adentro.

Cuando escuché a Fernandísimo hablar de ese modo, me sentí aún más canalla. Se me esfumaron los ímpetus y la neurosis de ser su asesino. Pero un enorme billete de cien dólares que me atravesó de sien a sien me sacudió y me recordó que de sentimentalismos y buenas acciones no se llega a tener mucho dinero en la vida y que en esta vida es el dinero el que manda. Los motores de las turbinas empezaron a sonar. Míster Bob que todo parecía saberlo enseguida trepó la escalerilla y se internó en el avión. Fernandísimo nos abrazó, subió y antes de desaparecer por la puerta levantó ambos brazos como un líder internacional, como un alguien digno de figurar muy pronto en los bronces, los mármoles y la historia.

El avión empezó su taxeo hacia el cabezal de la pista. El soplar potente de las turbinas me voló lejos el sombrero y a Antonieta su quepí. Igual se cuadró llevándose militarmente la mano a la sien derecha y juntando con energía los talones. Feranadísimo partió como correspondía con los honores militares de rigor. A los minutos vimos como el avión, pájaro de fuego impetuoso, remontaba vuelo hacia los cielos estrellados y azules que lo llevarían a la Manzana del Mundo.

&&&&&&&&&&&&&&&

CAPÍTULO 32

El pájaro rojo ya había remontado las nubes más altas y volaba a cielo abierto, diáfano, límpido e infinito. Míster Bob miraba por la ventana con la actitud civilizada de un perro de clase. Feranadísimo Plaza de los Reyes se arrellanaba en uno de los cómodos sofás de cuero frente a una mesita de cristal saboreando de a sorbos cortos y lentos un whisky de aquéllas etiquetas reservadas sólo para los más millonarios del planeta. La jefa de cabina y sus dos ayudantes, las tres mujeres jóvenes: una rubia, la otra morocha y de raza negra la tercera, observaban atentas al primer requerimiento del único pasajero en el avión. Cada una de ellas era una belleza de Miss Universo en su propia raza. Las tres eran la síntesis y la esencia de la hermosura femenina universal. Femineidad, delicadeza, señorío, elegancia, charme y sutil, pero expresa invitación a la lujuria. Lástima para Fernandísimo que dada su condición de edad y de salud ya no podía pretender esos placeres así que lo lujurioso lo alejó de sus pensamientos apenas mi enemigo asomó su cola en su cabecita. El hombre iba procediendo bien. Estaba contento, emocionado, pletórico de esperanzas. Iba a nacer de nuevo en el país que amaba, en el país que él hubiera elegido nacer si le hubiese dado esa opción. Dadas ciertas variables que no se pueden cambiar, es interesante observar qué hacen los hombres con su libre albedrío enmarcados en esas variables. A veces intentan cambiar condiciones y estados impuestos por mí y recurren a artificios del mundo que han construido, pero en el fondo y a pesar de la apariencia la condición o estado persiste. No explicaré el porqué de esto. A veces es bueno que el hombre piense, aunque lo hace muy rara vez. Ellos están convencidos de que piensan todos los días, de que son muy racionales, pero eso es sólo un espejismo.

Sonó un tenue y agradable sonido de gong. La jefa de cabina no sin antes dirigirle una sonrisa a Fernandísimo, se dirigió a la cabina de los pilotos. Abrió la puerta entró y rápidamente la cerró detrás de sí. Algo alcanzó a vislumbrar Fernandísimo en la milésima de segundo en que la puerta rápidamente abierta y aún más rápidamente cerrada mostró por un instante un retazo del interior. No supo exactamente si vio o no algo y si fue así qué. Pero aquello, sin saber por qué razón, lo dejó preocupado. Tuvo la impresión de haber visto algo amenazador o qué el interpretó tal vez cómo una amenaza. La inquietud le hizo sentir un malestar en los intestinos. ¿Su cáncer de colon? ¿Su parasimpático alterado? ¿Miedo? ¿Ansiedad? ¿Adrenalina para actuar en defensa desesperada? ¿Qué era? ¿Por qué empezó a pensar en la fracción de musulmanes fanáticos? ¿En Alquaeda y cosas por el estilo? Mr. Bob, en sintonía con su amo, también se sintió inquieto. Ladró dos veces y luego se dio vuelta en el asiento quedando al fin en la posición inicial, pero mirando esta vez a su amo fijamente en busca de alguna respuesta. Se sentía el parejo, tenue y continuo sonar de las turbinas allá afuera en el cielo abierto. Fernandísimo le sonrió a su perro y le hizo cariño en la cabeza, pero al mismo tiempo tragó saliva con la garganta muy apretada. De pronto, el avión se sacudió con violencia. Fernandísimo se puso pálido adelantando su traza de potencial cadáver. Míster Bob aulló como lobo en la estepa. La aeromoza de color les sonrió. Su voz era suave, femenina como terciopelo y su acento claro y seguro, culto: "No hay problema. Es sólo una turbulencia. Esta es zona de turbulencias, pero la pasaremos en menos de tres minutos". Sabía de navegación sin duda. Otro sacudón, ¡ay Dios mío! Muchos se acuerdan de mí sólo cuando están asustados. Pero hay ciertas cosas que yo he escrito y que ya simplemente no las puedo cambiar. Es decir, pudiera cambiarlas si quisiera, pero me respeto a mí mismo. Sólo estás criaturas se traicionan a sí mismas.

La puerta de la cabina se abrió con violencia y apareció la jefa de cabina quien volvió a cerrarla con igual violencia. Fernandísimo se puso en guardia, todo su cuerpo se tensó y preguntó con el corazón en la boca:

_ ¿Pasa algo malo? ¿Alguna falla de navegación? ¿Nos caemos?

Otro sacudón. Míster Bob terminó en el suelo y ladró molesto.

_ Por ahora no – contestó la jefa de cabina – quien sabe si más adelante.

_ ¿Qué quiere decir? – la voz de Fernandísimo era plañidera. La madame Chantal no le había vaticinado morir en un accidente de aviación. Después de todo y pese a su escandalosa confesión en la televisión, algún poder de adivinación tendría que haber tenido. Por algo había estado en donde había estado y tal vez ni ella misma sospechó nunca haber tenido de verdad poderes adivinatorios. Estaba seguro que a la postre, él, Fernandísimo Plaza de Los Reyes le iría a decir a los americanos del norte dónde estaba oculto Osama Bin Laden y pasaría a ser el nuevo Superman de los States. Aferrarse a nuestras propias mentiras a veces ayuda en las horas de amenaza y horror. Un nuevo sacudón esta vez con una caída en vacío de unos doscientos metros. Ahora Fernandísimo no solo tenía el corazón en la boca sino su estómago y los intestinos.

_ El comandante de la nave desea y lo invita a pasar a la cabina de mando. Desea hablar con usted.

_ ¿Tan grave es la situación? ¿Tan pronto se van a hacer millonarios mis herederos?

Ella solo abrió la puerta y dijo:

_ Pase.

Apenas entró, Fernandísimo se paralizó. Vio al piloto, al copiloto y al ingeniero de vuelo. El ingeniero de vuelo sentado atrás de los dos primeros era un hombre moreno de espesa barba negra, facciones árabes. El copiloto visto desde atrás era un joven rubio usando su gorra de aviador. El piloto, sentado a la derecha, usaba un enorme turbante. Ahora creía recordar qué había visto que lo inquietó. Le pareció con espanto que sus sospechas eran ciertas.

El piloto, el hombre del turbante, se volvió hacia él con una sonrisa.

_ ¿No me recuerda?

_ ¡Usted!

_ Sí, yo. Tarud Arab.

_ Pero usted había muerto.

_ Resucité. ¿Qué le parece?
Y se sonrió aún más vivito y coleando.

&&&&&&&&&&&&&

CAPÍTULO 33

El hombre vestido de gris y lentes oscuros, alto, de complexión atlética, hacía casi dos horas que esperaba en una de las esquinas en que convergen las calles San Diego y Tarapacá en Santiago. Se paseaba tranquilo y calmo a lo largo de la cuadra de la calle San Diego. En otro momento lo hacía por la cuadra de la calle Tarapacá. Al volver a la esquina, se sentaba largos minutos en un banco que había allí a la sazón. Mantenía esa rutina con precisión de reloj. De manera reiterada, aunque con larga frecuencia, pasaba frente al hombre un auto negro de vidrios polarizados. Parecían observarlo. El hombre de los lentes oscuros daba la impresión que no se percataba de ello. En uno de los momentos en que estaba sentado, pasó a escasos pasos de él una modesta viejecilla llevando de la mano a una hermosa niñita de no más de cinco años de edad o algo. La pequeña le echó de soslayo una mirada de susto. Los lentes ahumados la habían intimidado. Entonces el sujeto le sonrío.

_ Hola, niñita. Ven no te asustes…Señora, un momento por favor.

La viejecilla se detuvo.

_ ¿Sí, señor?

El individuo no contestó de inmediato. Había dejado de sonreír y muy lentamente se llevó la mano a uno de sus bolsillos. Las miró a ambas tras la oscuridad de sus lentes.

_ ¿Sí, señor?

La modesta señora se empezaba a poner nerviosa. La pequeña seguía asustada.

De súbito, el hombre sacó la mano de su bolsillo.

Ambas lanzaron una exclamación de sorpresa ¿grata? ¿intimidatoria? ¿de espanto?

Extendió la mano y mostró un fajo de billetes.

La viejecilla se repuso un tanto y fue capaz de preguntar:

_ ¿Desea que le vayamos a comprar algo, señor?

La niñita miró hacia arriba a su ¿abuelita? El sujeto respondió:

_ No, por favor. Esto es para ustedes. Ojalá no se ofendan. Pero no las veo en muy buen estado. Acepte este dinero, señora. Al menos le servirá para que el día de hoy le sea provechoso. Y yo podré cumplir con lo que Dios nos manda hacer.

La señora murmuró unas palabras como rehusando el regalo.

_ Señora, por favor acéptelo. Lo que está escrito está escrito. Esto está destinado para usted.

La viejecilla aceptó y se fue. Se le olvidó dar las gracias, pensó el tipo.

El auto negro de vidrios polarizados volvió a pasar frente a él quien detrás de sus lentes oscuros pareció no percatarse de nada. Mirado desde aquí los hombres son bastante para la risa. No se dan cuenta que son una caricatura igual a las que suelen dibujar en sus comics. Toman todo eso que han inventado y construido demasiado en serio. Qué manera de ser esclavos de sí mismos habiéndoseles creado libre.

De pronto se sintió una frenada violenta y un grito de horror. El hombre no se movió del banco en que estaba sentado, pero miró en dirección al suceso. Más de media cuadra más arriba, un camión estaba detenido en medio de la calle. No sólo estaba obstruyendo el tránsito, sino que abajo, frente a sus ruedas delanteras yacían la viejecilla y la pequeña ¿muertas?

_ Las mató el camión – gritó una mujer.

El hombre no movió una ceja. Permaneció sentado. ¿Le correspondía ir a recobrar su dinero? Ya no lo iban a necesitar. Pero permaneciendo sentado. Decidió no hacerlo.

Vinieron los procedimientos y los protocolos. La policía, el fiscal, el equipo médico legal, la ambulancia, el Departamento de Accidentes del Tránsito de la policía uniformada y la infaltable prensa dispuesta a desfigurar los hechos para transformarlos en la mentira llamada noticia, rentabilísimo producto de la industria del engaño, del sesgo y del lavado de cerebros.

Cuando todo aquello estuvo consumado, fueron levantados los cuerpos, el camión retirado y los curiosos disipados, la policía cerró la calle Tarapacá desde ese punto hacia el Oriente de modo que muchísimas cuadras en esa dirección quedaron libres, despejadas de todo tránsito.

El hombre en ningún momento se movió de su asiento. Cuando uno de los curiosos pasó frente a él, preguntó:

_ ¿Se enteró de lo que pasó con la persona atropellada?

El transeúnte le contestó:

_ Fue algo horrible. Eran una mujer vieja y una niñita. Las dos muertas.

_ ¡Dios mío! – exclamó el hombre que esperaba sentado – Dios las tenga consigo.

_ Así sea – contestó el transeúnte y siguió su camino.

Cuando quedó solo, el sujeto de los lentes esbozó una leve sonrisa. Siguió esperando. De pronto, el auto negro volvió a aparecer, pero a notoria velocidad y alguien desde su interior arrojó una lata de cerveza vacía. Rodó hasta los pies del individuo de la larga espera. Entonces se puso de pie y en estado de alerta.

Allá venían. Eran tres los enmascarados. Los tres con las caras cubiertas luciendo la blanca máscara con el rostro de Dante Carrasco Ugarte. Los tres de casi exacta estatura, los tres vistiendo blue Jean azules, los tres con zapatillas deportivas blancas, los tres caminando enérgicos al mismo paso como una sección militar.

El hombre los dejó pasar un buen tramo. Iban por la calle Tarapacá hacia el Oriente. Los siguió desde atrás. Uno de los Dante Carrasco se volvió al sentir en su espalda la presencia de alguien que los seguía. El hombre de los anteojos oscuros al verlo, levantó el dedo pulgar como para comunicarle OK, estoy con ustedes, soy un Dante Carrasco más. El que se había vuelto le contestó con el mismo gesto y volvió a mirar al frente retomando el paso acompasado de los otros dos. La calle estaba despejada. No pasaba ya ni un auto por ahí. Habían bloqueado el tránsito los policías. ¿Policías? De pronto, el hombre de los lentes oscuros sacó una pistola calibre 45, tiro automático y disparó. Uno, dos, tres, cuatro disparos seguidos. Los impactos resonaron secos, duros y alarmantes en todo el sector. Hubo gritos de transeúntes, algunos se lanzaron al piso como habían visto en las películas. Dos de los Dante Carrasco, se arrojaron a la acera y luego con la velocidad propia de atletas campeones, se levantaron y desaparecieron corriendo, uno torciendo hacia la calle Serrano y el otro recto hacia arriba por Tarapacá. En la esquina próxima tomó hacia la izquierda dirigiéndose hacia la Alameda Bernardo O'Higgins. El tercer Dante Carrasco, el que iba al medio de los otros dos, yacía sobre la vereda sobre un charco de sangre tendido boca abajo. Dos impactos en la nuca y dos en la espalda que le destrozaron la columna.

De improviso y en segundos, apareció el auto negro. Alguien abrió la puerta trasera y, casi sobre la marcha, el sujeto de negro y lentes oscuros saltó a su interior. La puerta se cerró con violencia y el auto haciendo chirriar los neumáticos sobre el asfalto se alejó prácticamente a una velocidad de avión por la calle Tarapacá hacia el Oriente totalmente libre de todo obstáculo.

Los primeros curiosos y parroquianos que habían pasado el susto de sus vidas, formaron un círculo alrededor del cadáver. Exclamaciones, suspiros, comentarios estúpidos, hipótesis sobre el hecho. Atentado terrorista, son los de Alquaeda, no, otros más extremos, fueron los judíos sionistas, no sea estúpido esta es obra de los comunistas, yo creo de una cofradía de curas pedófilos, ¿no habrán sido los de la Selección de Fútbol? no digo yo fue la CIA, qué la CIA, esa fue tu KGB comunista de mierda, para qué discuten si fue el MOZAD, para mí que fueron los fachos de siempre, bueno, tal vez ellos y los nazis y ¿quién les dice si no es un crimen pasional? ¿vieron el tipo que saltó al auto negro y se fugó en él? Yo hace más de una hora que lo vi esperando en ese banco o paseándose de aquí para allá y de allá para acá, tenía todas las trazas de ser gay.

Llegó la policía, despejó a los mirones, llegó todo el protocolo de rigor, la burocracia policial, estatal, judicial, la prensa otra vez. Y llegó el fiscal. Dio vuelta el cadáver asistido por el personal del Médico Legal. Le sacaron la máscara.

El muerto era el mismísimo Dante Carrasco Ugarte.

Más allá, desde una esquina, más de alguien comentó que le pareció ver a la viejecilla y la niñita atropelladas observando medio ocultas tras un poste el cadáver del líder de la desobediencia.

&&&&&&&&&&&&&&&&

CAPÍTULO 34

Causa y efecto. Hay que tener mucho cuidado con lo que se hace porque lo que hacemos siempre trae consecuencias. Algunas veces esas consecuencias son predecibles, pero otras no. El asesinato de Dante Carrasco Ugarte trajo consecuencias que los que tramaron tal crimen jamás esperaron. El hombre no se salva jamás de sí mismo pues vive atado a sí adorándose.

Dante Carrasco Ugarte no fue considerado una víctima porque quienes lo seguían que eran los más se negaron a considerarlo así. Tampoco pidieron "justicia", es decir, ubicar a los culpables para colgarlo de los testículos y disfrutar con su lenta agonía porque entendían que eso no era justicia sino venganza y que con la venganza no gana nadie. Chile empezaba a dar un paso adelante y se disponía a salir de la oscuridad.

Lo que comenzó a ocurrir como consecuencia del error de sus asesinos fue algo que no podía complacerme más. Las tres cuartas partes del país se cubrieron sus caras con las blancas máscaras que representaban el rostro de Dante Carrasco. Las calles, las oficinas, los cuarteles policiales, los buques de guerra, los regimientos, las bases aéreas, los supermercados, los bancos, los prostíbulos, las plazas, los parques, las iglesias, las bases de los partidos políticos y en cientos de instancias más, la gente lucía la blanca máscara de la limpieza y la esperanza. Por ahí empezó la desobediencia. Aquellos que rehusaban usar la máscara y tenían algún poder insistían en ordenar que la máscara fuera quitada de los rostros. Pero la orden del General, del Almirante, del Gerente General, del Patrón, del Capataz, del Político ufano de poder, del Profesor dogmático, del

Obispo, de la Cabrona del prostíbulo, del Pastor, del Gurú quedó resonando en el vacío. Todos seguían con sus máscaras puestas y hasta dormían con ellas. Entonces el General pasó a ser general, el Almirante almirante, el Gerente General gerente general, el Patrón patrón, el Capataz capataz, el Político político, el Obispo obispo, el Pastor pastor, el Gurú gurú y la Cabrona cabrona. Hicieron rechinar sus dientes, se comieron las uñas, se enfermaron del colon, pero nadie, nadie les obedeció. Y cuando ya nadie les obedeció sus otras órdenes, aquellas desatinadas, torcidas y soberbias y arbitrarias órdenes que solían imponer pasaron a ser nadie ni nada. El país quedó en manos de una multitud de cuerdos enmascarados de blanco dispuestos a obedecerme a mí así que intuían que la cosa iba a ir bien. Empezó a desaparecer la contaminación en Santiago y el aire se puso fresco, sano, diáfano. Empezó a venir la paz a los corazones. Ya los ufanos, soberbios, tontos, engreídos, ignorantes, pretensiosos, seguros de sí mismos, adoradores de su propio yo, charlatanes y mentirosos, corruptos y ladrones, asesinos en potencia se habían quedado sin poder. Los mismos que se los habían otorgado despertaron y se los quitaron. Tienes poder sobre mí porque te temo y por eso te obedezco. Pero ya sé que hay Otro sobre ti y sobre mí y entonces dejé de temerte y entonces dejé de obedecerte y ya sé que tengo Quien me proteja de todo mal, amén.

Así que, de un día para otro, con la simpleza como sale el sol por el Oriente todo empezó a cambiar para bien. Los desenmascarados empezaron a abandonar sus fortalezas, búnquers y madrigueras. Del edificio del Congreso Nacional se fueron yendo como ratones asustados y solo con lo puesto. De la casa de La Moneda salieron apegados a los muros con la cola entre las piernas y sin honores ni fanfarrias, de los cuarteles salieron los generales sin charreteras ni presillas de pecho a espalda, sin toque de clarín, sin gallardete, de todas partes salieron los desenmascarados sin alfombra roja y en la más absoluta soledad. Nadie los dañó, nadie intentó dañarlos, nadie los quiso dañar. Sólo que se fueran para sus casas, se quedaran allí un buen rato enfrentados a sí mismos y que empezaran a pensar en portarse bien. Y entonces serían recibidos con los brazos abiertos, como mi Hijo en la Cruz cuando los salvó a todos, para hacer de Chile algo cercano a mi Reino en la Tierra. Es mi palabra.

&&&&&&&&&&

CAPÍTULO 35

_ ¿Qué hace usted aquí?

_ Piloteando el avión. ¿No me ve?

_ Pero… usted no sabe pilotear un avión.

_ Lo estoy piloteando ¿no? Y aún no nos caemos.

_ ¡Aún!

_ Bueno, aparte de mi única práctica de pilotaje sin instructor, esta es la segunda vez que estoy a cargo de un vuelo. Ya veremos qué pasa. Echando a perder se aprende.

_ No se haga el chistoso conmigo. Pensé que había contratado a una empresa seria.

_ ¿Usted de verdad cree que hay algo serio allá abajo?

_ Usted es un payaso.

_ ¡Qué quiere que sea! Nací allá abajo, no aquí arriba.

_ ¡Santo Dios! … ¿Dónde aprendió a pilotar aviones?

_ Aproveché la oportunidad porque ofrecían un curso gratis para pilotos de aviones comerciales.

_ ¿Qué empresa tan generosa es esa?

_ No sé si era una empresa. Era un grupo de alegres y bonachones jóvenes musulmanes.

_ ¡Quééééé! ¿Jóvenes musulmanes?

_ No sea prejuicioso. ¿Qué tiene contra los musulmanes? Mi padre era musulmán.

_ Y usted ¿también lo es?

_ No, yo soy oportunista.

Fernandísimo Plaza de Los Reyes sudaba. Se pasaba el pañuelo por la cara repetidas veces. Respiraba con dificultad. Allá, en la cabina de pasajeros, Mr. Bop miraba indiferente a todo por la ventanilla. No entendía tanto azul sin límites. Tampoco lo entendían las criaturas parlantes del avión.

_ Y … y ¿qué le pidieron esos "jóvenes" musulmanes a cambio por enseñarle a desempeñarse como piloto?

_ Nada. Sólo que le firmara unos papeles.

_ Y usted ¿los firmó?

_ Por supuesto. Necesitaba el curso para ganarme la vida. El negocio de la mentira, usted sabe, se me vino al suelo.

_ Y ¿qué decían esos papeles? ¿Qué exigían de usted?

_ No lo sé. Estaban escritos en árabe y yo no sé leer ese idioma. Mi padre era analfabeto.

_ Pero y entonces…

_ Entonces ¿qué?

_ No sé … entonces …

_ Bueno, me dijeron que me llamarían para darme instrucciones.

_ ¡Por el amor de Dios! … ¿Y si lo llaman y le dan instrucciones de que estrelle el avión en algún edificio?

_ No les haría caso. ¿Cree que soy tonto? ¿No ve que voy yo dentro del avión?

_ ¿Cree llegar sano y salvo a New York?

_ Hasta ahora nada ha pasado. ¿Por qué es tan pesimista? ¿Por qué el resto del viaje tendría que ser peor que ahora? ¿Sabe? Las cosas van cambiando, pero siempre para mejor, aunque no lo parezca.

_ Ahora es filósofo.

_ Nada de eso. Soy oportunista y pienso en positivo. Vaya a sentarse y disfrute el viaje. Si el avión se empezara a caer, no se preocupe, yo le aviso.

Fernandísimo volvió a la cabina de pasajeros. Míster Bop, al verlo llegar lo miró y puso cara de pregunta. Los perros preguntan con la mirada. Expresan muchas cosas con la mirada. Por eso que cuando vio los primeros pájaros volando junto a la ventanilla fuera de la nave, el perro expresó inquietud y alarma en sus ojos. Es que aquello fue una noche y un amanecer de oscuros pájaros nocturnos entorpeciendo la aproximación del avión a la Gran Manzana.

&&&&&&&&&&&&&&&&

CAPÍTULO 36

Me desperté sudado entero mucho más allá de la medianoche sentándome de golpe. A mi lado dormía roncando como siempre mi bella Antonieta.

_ Despiértate.

Ella emitió un ruido muy cercano al reino animal, se dio media vuelta y siguió durmiendo. Eso me molestó. La odié en esos instantes por sus ronquidos, por ese ruido gutural subhumano, por su maldita manera de dormir tan profundamente, por no obedecerme y despertar, por ser copartícipe conmigo en la herencia que nos dejaba Fernandísimo Plaza de Los Reyes, la odié tanto cómo ese perro que se llevaría gran parte del dinero. Sentí que ese era el momento de matarla. Tenía el impulso necesario, las ganas de hacerlo, el coraje para hacerlo, mi corbata colgada en el respaldo de la silla para estrangularla, pero a esa hora y en ese lugar y en esas circunstancias no habría sido estratégico. Decidí aplazar la ejecución. Sabía que aún la necesitaba para consumar el crimen principal. La pesadilla que acababa de tener era un anuncio. Así que le di una gran palmada en la nalga y le grité en la oreja:

_ ¡Despiértate, yegua!

Se incorporó de golpe y me relinchó en plena cara:

_ ¿Qué pasa, mierda?

Estuve a punto de abofetearla, pero me contuve.

_ ¡Vistámonos ya! Tenemos que partir para New York.

_ ¿Qué? … ¿A esta hora? … Son las cuatro de la madrugada.

_ Qué importa la hora. Debemos llegar lo antes posible a New York, si no todo está perdido.

_ ¿Qué bicho te picó?

_ Tuve una pesadilla horrible y fue tan real, tan en vivo y en directo, que estoy seguro es una premonición. Soñé que…

Me tuve que quedar callado. Había empezado a temblar. Chile, país de temblores y terremotos, maremotos y otros desastres peores como los políticos. Nos pusimos pálidos y se nos pasó la mutua rabia. Nos abrazamos buscando protección el uno en el otro. El temblor seguía, pero muy fuerte. Esperábamos un repentino remezón de mortal terremoto. Nos quedamos estáticos, apegados como musgo a la roca, sintiéndonos que nos amábamos, que nunca habíamos pensado asesinarnos el uno al otro, menos por esa cosa tan vil que era el dinero. Diosito santo, sálvanos, no nos quites la vida que es lo más importante. Todo lo demás no importa. Pasaron minutos eternos. La tierra dejó de moverse. El remezón fatal no vino y sobrevino la calma. Respiramos aliviados y al verla frente a mí desgreñada la volví a odiar. Ella a su vez me mostró los dientes y me ladró:

_ ¡Cómo se te ocurre despertarme a esta hora por una tonta pesadilla, imbécil!

_ ¡Estúpida, no es una tonta pesadilla! ¡Ha sido un aviso, una premonición! ¡Algo muy malo hará Fernandísimo Plaza de los Reyes en New York que nos puede dejar sin un peso!

En este punto, Antonieta pareció entrar en razón.

_ ¿Qué cosa tan mala va hacer como para dejarnos sin la herencia?

_ El detalle se me olvidó. Tú sabes cómo son los sueños, pero me quedó una alarmante sensación. Algo hará que nos va dejar sin un peso.

_ Capaz que se enamore de una de esas gringas que parecen muñecas y falte a su palabra y le dé toda su fortuna a ella.

_ Algo de eso tenía la pesadilla. Una rubia corriendo desnuda por un puente y el detrás con un fajo de billetes en la mano… y no sé … otra serie de cosas que no recuerdo, pero que me hacen sentir que estamos a punto de quedar desheredados. Lo último de la pesadilla fue una voz imperiosa que me dijo "levántate y anda".

_ ¿Eso no se lo dijeron a Lázaro?

_ ¿Lázaro? ¿Quién es Lázaro?

_ No importa. ¿Qué propones hacer?

_ Hacerle caso a la voz, levantarnos y andar.

_ No te entiendo.

_ Vistámonos, vamos a el aeropuerto y tomemos el primer avión para New York.

_ No será muy temprano. Aún no amanece.

_ Nunca es demasiado pronto cuando la dicha está por abandonarte.

_ ¡Vaya! ¿Quién dijo eso?

_ Yo.

_ ¡Qué desilusión! Pensé que había sido John Lennon.

_ Vístete. Hay que alcanzar el primer avión.

_ Alcanzar el primer avión. Eso ocurre sólo en las películas.

_ La vida es una película. Date prisa.

_ Pero cuál es el objeto de ir a New York.

_ ¿Te volviste tarada o qué? Vamos a New York a matar a Fernandísimo antes que haga cualquier cosa que nos deje sin la herencia. De paso, matamos a su maldito perro.

_ Bien. En diez minutos estoy lista.

_ Que sean cinco mejor. No olvides el cuchillo carnicero. Ponlo en el equipaje.

_ Dulzura, a hora ni en las películas se puede transportar armas en los aviones.

_ Está bien. Compraremos uno en New York … o mejor en New Jersey, es más barato.

_ Pero ¿para qué quieres el cuchillo?

_ ¿Cómo que para qué? ¡Ya se te olvidó a lo que vamos! ¿Nunca leíste Jack, el destripador?

&&&&&&&&&&&&&

CAPÍTULO 37

El primer obstáculo que se le presentó al flamante e inexperto piloto Tarud Arab para entrar a la fase de aproximación que lo llevaría finalmente a aterrizar en el aeropuerto John F. Kennedy de New York, fueron los pájaros. ¿Águilas? Plumaje negro, alas extensas y enormes, cabezas blancas y poderosas, pico recto decidido hacia adelante y en ángulo de casi cuarenta y cinco grados directo hacia lo vertical. Primero hicieron vuelos rasantes en torno al avión, luego como una cuadrilla de fuerza militar aérea volaron delante como para que los pilotos los vieran y en actitud de escolta. Más tarde cientos de otros de estos pájaros volaban por los costados del avión rozando casi con sus alas las ventanillas del aparato. Se empezó a multiplicar el número de esas criaturas hasta llegar a ennegrecer los cielos. La visibilidad se redujo casi a cero y el radar comenzó a fallar. Todos entraron en pánico. Los alegres muchachos árabes no le habían enseñado ningún procedimiento de vuelo para una emergencia así. Mr. Bop comenzó a ladrar desesperado, perdiendo toda su perruna flema británica. Fernandísimo trataba en vano de recordar el Padre Nuestro y le salía un penoso, plañidero y desesperado farfullo religioso pidiendo clemencia. Las hermosas aeromozas se sentaron en sus asientos, se abrocharon los cinturones de seguridad, pero eso no evitó que se orinaran de miedo. En la cabina de mando, el ingeniero de vuelo se tiraba desesperado su espesa y negra barba e invocaba a Alá en su gutural idioma árabe. El co-piloto trataba de comunicarse con la torre de control del JFK Airport, pero la comunicación estaba interferida por ruidos muy extraños y por sonidos emitidos por todos esos cientos de pájaros venidos de pronto y quien sabe de dónde.

Alguien señalaría más tarde que en Brooklyn, en Williamsburg en la calle Broadway había visto que, desde la cúpula de un antiguo edificio de 1865, habían salido volando cientos de cientos de pájaros en dirección a las alturas. Nadie le creyó, pues por su traza tan estrambótica no inspiraba la credibilidad del caso. Era el artista a quien apodaban "Chile". Tarud Arab se aferraba al bastón de mando y exclamaba en el más puro idioma chileno "por la puta y ahora qué hago, qué hago ahora por la grandísima puta que me parió".

El horror de todos llegó al máximo cuando escucharon que los pájaros emitían palabras en inglés. Go, go home, go back, you are not wellcomed, this not your land, this is not your home. Repetían y repetían las mismas expresiones. Creían que se estaban volviendo locos. No podía ser que hubiera pájaros volando allá afuera a esa altura y entorpeciendo el vuelo de la aeronave y, peor aún, no podía ser que esos pajarracos hablaran. El único que no se creía haber vuelto loco era Plaza de Los Reyes. El no entendía lo que los pájaros decían. Sólo escuchaba ruidos ininteligibles que salían de sus picos.

_ Están hablando en inglés – le informaba la jefa de cabina con voz trémula - ¿se da cuenta?

Y Fernandísimo con cara de extrañeza y confusión.

_ ¿En inglés? Imposible. Yo sé inglés. Lo he estudiado por años esperando el momento de volver a casa, pero no entiendo los sonidos que emiten esos condenados pájaros allá afuera.

La jefa de cabina quiso comprobar si Felipísimo decía la verdad o no. Se dirigió a él en inglés.

_ What's happening rigth now is a horrible thing! (Lo que está pasando en este momento es algo horrible)

Fernandísimo se llevó una mano a la oreja.

_ ¿Qué me dice? No le entiendo nada. Me está hablando con los mismos extraños sonidos que emiten esos pájaros.

Para la aeromoza, Fernandísimo estaba mintiendo respecto de su aseveración de que sabía inglés. Para nosotros, por una razón extraña que no revelaré, a Fernandísimo se le acababa de borrar todo el inglés que tuvo grabado en su cerebro por tantos años.

&&&&&&&&&&&&

CAPÍTULO 38

La cosa ocurrió como en las películas. Al llegar al aeropuerto en Santiago, hechas las gestiones computacionales y todo ese mercadeo on line, volamos en el primer avión a New York y aquí llegamos. Nos hemos venido a New Jersey que está muy cerca, sólo cruzando el Hudson River por debajo del Puente Lincoln en bus y sólo a cinco o diez minutos a lo más porque es más barato que New York y estamos instalados en la ciudad de Union City en un hotelucho de mala muerte en la 38th Street con Bergenline Avenue. El precio por semana es irrisorio, pero lo que no es nada para la risa es el descuido y la suciedad del recinto, el tipo de gente que se ve circular en su interior, tipos y mujeres de razas distintas, pero de sospechosa apariencia. Todo huele a droga, prostitución, tráfico de blancas y crimen. Hace unos segundos, Antonieta acaba de quejarse que no le gusta el lugar que elegí, pero yo le he respondido que es el lugar adecuado por dos razones: una, mi amor, porque es baratísimo y la otra, dulzura, porque nosotros somos un par de criminales no muy diferentes de esta gentuza que se ve por aquí. Y como me gritara en respuesta que yo soy un imbécil y un inútil, le dije que mi idea de haber sacado visa para Estados Unidos apenas supimos de las intenciones de Fernandísimo, no indicaba que yo fuera precisamente un imbécil y un inútil. El asunto que recién hemos terminado de discutir diciéndonos las sandeces más increíbles y sintiendo yo en mi fuero interno que cada vez me dan más deseos de eliminarla lo antes posible. Pero primero es necesario que colabore conmigo en la ejecución de ese condenado perro Bob y en la de su pobre amo. No es que haya desistido de asesinarlo, el dinero es el dinero y asegurar mi vida es mi primer deber en mi existencia, pero acabo de sentir lástima y compasión por Fernandísimo. Es un hombre ingenuo, un hombre de bondad y siempre ha sido gentil y generoso con nosotros. Pero sin su muerte pronta, podemos perder, más bien, puedo perder toda una fortuna que me convertirá en fuerte, principal y poderoso. Nunca olvido las palabras de mi padre desde que yo tenía algo así como seis años de edad, "en la vida, hijo, hay que ser siempre un ganador, nunca un perdedor, cueste lo que cueste." Cueste lo que cueste, no pueden pasar más de tres días sin que Fernandísimo Plaza de Los Reyes se convierta en cadáver. La sentencia la dicté hace tiempo y ahora, en estos mismos instantes la estoy poniendo en ejecución. Por eso ya estamos en la calle con Antonieta y caminamos a lo largo de Bergenline Avenue, buscando donde comprar un cuchillo grande y afilado. Nos cuesta. En todas partes dicen no tener cuchillos afilados. Me extraña, en este gran país tiene uno derecho a comprarse hasta armas de guerra y ¡no venden cuchillos afilados! Seguro es porque no conocemos. Entramos a las tiendas inapropiadas. La Bergenline Avenue es en buenas cuentas una larguísima avenida de muchas cuadras y en que todo el comercio está prácticamente en manos de latinos, indios, chinos y alguno que otro americano. Andamos buscando por donde no debemos y al hablar español con esas gentes estamos de algún modo delatando quienes somos. Es preciso toparnos con el mínimo de gente posible, prácticamente no hablar con nadie ni en inglés ni en español, ubicar a Fernandísimo en Manhattan, ejecutarlo con la precisión de un cirujano, ejecutar al perro y luego convertirme en Enrique VIII de Inglaterra y ejecutar a mi Ana Bolena. Una vez que el cuerpo de Antonieta no siga flotando y se quede en el lecho profundo del East River, yo tomo el avión de vuelta y en Chile espero el anuncio del albacea de ser el único heredero. Lo que me preocupa es que el crimen planeado no es perfecto. Queda constancia clara y evidente que Antonieta y yo hemos venido a los Estados Unidos en el vuelo tanto y tanto de la x aerolínea y que ingresamos al país por New York por el JFK el día tanto a las tantas horas. Al regresar yo a Chile quedará la misma evidencia. La policía descubrirá los cuerpos de Fernandísimo, del perro y de Antonieta. Estos gringos tienen muy avanzada tecnología, buenos equipos de rescate y búsqueda e insuperables buzos. Lo cierto es que no tengo coartada para todos esos rastros y cabos suelos. Pero, bueno, soy un chileno puro, neto por nacimiento, estirpe y crianza y como tal ya veremos. En el camino se arregla la carga y, por otro lado, a mí siempre me ha salvado la campana a última hora. Y soy un hombre de fe. Sé que Dios está conmigo. Jamás me he atrasado en el diezmo de la iglesia.

¡Lo decía! La Providencia está conmigo, bueno, por último, lo que Sea que esté conmigo. Antonieta, tú que andas trayendo ese bolso grande, recoge de ese tacho para la basura el cuchillo que andamos buscando. ¿Te fijas? Alguien por algún motivo lo arrojó allí. Quién sabe si un criminal huyendo. Es justo lo que precisamos. Fíjate, Antonieta, grande, carnicero y filudo. Vamos, apúrate, aprovecha que no pasa nadie. Te inclinas sobre el tacho, lo coges y lo escondes en el bolso. ¡Bien, bien hecho! Ahora vamos, tomemos el bus a New York, el Vía Bergenline Número 159 nos sirve, nos deja en Manhattan, en Port Authority, en plena 8th Avenue con la Fourty-second Street. Allí estaremos, Antonieta, a tres cuadras o algo de Time Square, pleno Broadway, de allí tomamos la 7th Avenue hacia arriba, cruzaremos la calle donde está el Carnegie Hall ¿has oído hablar del Carnegie Hall alguna vez?, y llegaremos a Central Park. Allí estará o ya está, nuestra víctima y generoso benefactor, alojado en uno de los más lujosos Hoteles de la Gran Manzana. Vamos, dulzura, a reconocer el lugar, y a seguirle los rastros hasta poder asestarle el golpe. Me siento como un personaje de ficción. ¿Tú no? O más bien, me siento como el autor de mi propia novela, como un demiurgo que teje su propio destino y el de los demás. Siento que el mundo es mío. Que ahora soy yo el que manejo las cosas … Atenta, ahí viene el 159 y estamos justo en la parada. Hazle señas para que pare. Bien, gracias, mi Dulcinea. Al fin eres dócil, te hacen bien los aires del hemisferio norte. Aquí viene. Lástima que somos aún muy jóvenes. No tenemos derecho a la tarifa de Senior Citizen, Round Trip. Imagínate, nos habría salido baratísimo: cada uno, ida y vuelta, tres dólares y un dime (one dime: ten cents).

&&&&&&&&&&

CAPÍTULO 39

Tarud Arab pensó que siendo su primer vuelo como comandante de nave pasaría a ser en breves instantes un mártir de la aviación comercial. La noticia recorrería el mundo entero por lo insólito de la situación y del accidente fatal que se avecindaba. Los pájaros ya cubrían el cielo entero. Era una inmensa alfombra de pájaros negros volando a metros más debajo de su altitud y no tenía visibilidad con la tierra. Los radares fallaban. La comunicación radial se había cortado. Volaba a ciegas, sin saber si ya tenía a la ciudad de New York allá abajo y con la sensación que los pájaros de alguna forma guiaban al avión a pesar suyo. El co-piloto solo atinaba a decir "este es un fenómeno paranormal", el ingeniero de vuelo siempre con sus manos aferradas a su negra espesa barba repetía "si Alá lo quiere que así sea", Tarud Arab le respondía preguntándole "y ¿puede averiguar qué cresta quiere Alá"? Por su parte, Fernandísimo Plaza de Los Reyes abrazaba a Mr. Bob y repetía "¡toda mi fortuna por unos pocos años más de vida!" Las aeromozas tomadas de la mano rezaban el Padre Nuestro con una devoción que a ellas mismas sorprendía.

Y comenzaron las sacudidas. Unas detrás de las otras y cada vez más intensas. La estructura crujía como que de un instante a otro se fuera a destruir en pedazos. Pestañeaban las luces interiores y de momentos el avión quedaba a oscuras por segundos interminables. Tarud Arab en un esfuerzo supremo trató de concentrar su atención en lo que veía afuera. Abajo veía sólo un manto negro. Los pájaros. Arriba vio que el cielo estaba claro y cargado de estrellas. Sintió como que hacia arriba había una esperanza y que abajo sólo era posible la muerte. Pero ¿cómo remontar más alto? Imposible. El avión no tenía capacidad para más. Su techo era limitado. Para ascender hasta mucho más arriba tendría que haber sido un ente hecho con otras químicas muy diferentes. Más que con químicas, con mágicas alquimias. Pero era sólo una máquina fabricada por la prestigiosa empresa de aviación Boeing.

De pronto empezó a chicharrear la radio. Palabras en inglés. No, no era el inglés de los pájaros. Era la voz de algún funcionario controlador de tránsito aéreo del aeropuerto JFK. Identificaba el vuelo, daba las coordenadas precisas, informaba del estado del tiempo, neblina visibilidad casi cero, indicaba la pista de aterrizaje disponible, iba guiando al avión y autorizaba el aterrizaje. A todos se le volvió el alma al cuerpo y más aún cuando al mirar hacia afuera comprobaron que ya habían desaparecido todos los pájaros. Eso sí, New York no se veía y tampoco la pista. Todo había desaparecido bajo un velo espesísimo de neblina que se arrastraba hasta la tierra. Sin embargo, entre radares y la voz humana de los controladores de tránsito aéreo, el avión se posó en la pista, rodó los metros que tenía que rodar, taxeo hasta su lugar de llegada final y se detuvo. Los motores se acallaron. Estaban a salvo en el JFK, aunque por la neblina ni siquiera podían ver el aeropuerto. Pero allí estaban. El milagro se había cumplido a pesar de ¿el maleficio?

Cuando Fernandísimo se bajó de la nave, se internó por la manga hacia el interior del edificio y al comprobar que no veía nada pues todo lo cubría la neblina exclamó:

_ ¡Caramba, aún no llego a mi casa! No veo nada. Estoy en medio de una nube de vapor. ¿Dónde está el aeropuerto, dónde está mi New York querido?

Arab que iba a su lado le respondía:

_ Usted debe estar soñando. Aquí dentro no hay neblina. Todo está iluminado y claro. Estamos en las dependencias del JFK y usted debe entregar aquí su documentación. A lo mejor su ceguera es producto del shock que sufrió por lo que vivimos.

_ No sé, no sé, no sé. Yo no veo nada. Ni a usted, ni a nadie. Estoy dentro de una nube. ¿Será que me estoy muriendo? ¿Será que así empieza uno a morirse del cáncer al colon? ¿Ve a algún médico para preguntarle?

No pudieron evitar reírse. Pero fueron decentes, con discreción. Después de todo ellos también debieron haber estado algo locos o perturbados o quizá qué, se preguntaban. Habían visto pájaros entorpeciendo el vuelo y pájaros hablando inglés. Los pájaros vuelan, al menos la mayoría, que puedan entorpecer el vuelo de un avión es casi sanamente creíble, pero que hablen Inglés eso es ya para las películas o las novelas. Lo ayudaron a mostrar sus papeles. El largo trámite al fin se consumó. Enseguida llegó el lujoso auto que envió el hotel y partieron hacia Manhattan a ocupar las reservas hechas en el hotel The Mark, cinco estrellas, a menos de un kilómetro de Central Park en Madison Avenue con la 77th Street. Lo más importante. Mr. Bop no tendría problemas, el hotel aceptaba clientes con mascotas. Mientras el coche avanzaba por la autopista y luego por calles de Brooklyn y más allá atravesaba el East River por el Williamsburg Bridge y finalmente rodaba por las calles de la colosal Manhattan, Fernandísimo Plaza de Los Reyes no podía disfrutar de nada de lo que veían por las ventanillas las aeromozas, el rubio co-piloto, el barbón ingeniero de vuelo y el alegre Tarud Arab. Se sentía dentro de la nube que lo envolvía y sus ojos sólo veían neblina, neblina espesa, blanca como el algodón o la nieve que ciega, pero negra en sus consecuencias.

Al fin llegaron al The Mark Hotel. Los protocolos se fueron cumpliendo. El registro, el botones subiendo el equipaje a la suite y Fernandísimo sin poder apreciar nada. Neblina, niebla, ceguera. Sólo escuchaba voces, ruidos, músicas estridentes y de esas voces, oía palabras que no entendía como las que pronunciaran aquellos pájaros en la pesadilla del vuelo. Afortunadamente Tarud Arab se hizo cargo de él. Lo asistió en todo y cuando finalmente dejó sentado a Fernandísimo en un cómodo sofá de su suite, él se retiró diciéndole.

_ Señor Plaza de Los Reyes, no se preocupe por nada. Yo permaneceré en mi habitación y estaré atento a lo que necesite. Desde ya llamaré a un médico a ver si así solucionamos lo de su ceguera. Con su permiso.

Apenas sintió que se cerró la puerta, Fernandísimo pensó en voz alta: "Después de todo no parece ser un mal hombre el mentiroso ese del turbante". Y luego no pudo aguantar más y se puso a sollozar.

Venía tan esperanzado, tan seguro de su vuelta a casa y pasarle lo que le estaba pasando. Los pájaros, la ceguera de la nube que lo mantenía aislado. Qué horrible, estar ya con los pies en New York y no estar en New York. Qué desesperación no poder verlo, no contemplar la noche iluminada de Manhattan. Sólo podía oír y lo que oía era sólo ruido ensordecedor, sinfonías caóticas, desarmonías estridentes y un idioma de pájaros enfurecidos que no lograba entender. ¡Qué Dios mío, qué es todo esto! Y lento como el avanzar astuto de la serpiente, los sollozos se fueron aplacando hasta desaparecer y sobrevino el sueño, el sueño del opio y después de un silencio de olvidados cementerios se quedó dormido profundo, muy sombras adentro.

El lejano sonido de una alegre marcha militar lo despertó. Era una banda que parecía tocar dentro de la habitación, pero al mismo tiempo desde una muy lejana ¿dimensión? Sintió que aquella marcha se la tocaban a él en especial. Pero ¿quiénes? ¿dónde? ¿por qué a él? Se quedó quieto largo rato, sin abrir aún los ojos, deleitándose con esos sones marciales, optimistas, alegres. ¿Lo estarían homenajeando? ¿Le estarían dando la bienvenida? La bienvenida ¿a dónde? ¿a New York? Por fin, ¿había llegado a casa? Abrió los ojos muy lentamente y no lo pudo creer. Veía. Ya la nube se había esfumado. Ahí estaba, sentado en ese muelle y lujoso sofá y en medio de una suite digna de la realeza. Bueno, mal que mal, él era un Plaza de Los Reyes. Tomó aire profundamente y lo invadió una sensación de bienestar e inmenso contento. Casi de un salto se puso de pie y se asomó a una de las ventanas. Lo primero que le pareció ver fue algo así como una paloma blanca alejándose hacia lo alto de los rascacielos. ¿Tan alto vuelan las palomas? Allá afuera destellaba multicolor, la Manzana, la ciudad que nunca duerme, el New York de sus amores.

*** CAPÍTULO 40 ***

La banda le seguía sonando ¿en el oído? ¿dentro de su cabeza? ¿afuera en la calle? ¿en alguna otra habitación? Había entrado en un estado de completa vigilia y lucidez. Se asomó al ventanal nuevamente. Quería saber si la banda tocaba allá afuera. No, nada. Puso el oído en contra de las paredes. Nada del otro lado. Abrió la puerta de la suite. El pasillo en el exterior estaba silente. Cerró la puerta y la banda comenzó nuevamente a tocar su marcha ¿de bienvenida? Revisó el televisor. Silente, sin sonido, sin imagen. De ninguna parte venían esos sones marciales y brillantes, alegres y esperanzadores. Tal vez ninguna parte concreta sobre la corteza terrestre. Aquello venía de alguna dimensión lejana. Percibía a la banda como desde un fondo muy lejano en el tiempo y en un tiempo no existente en este plano terrenal. No, no puede ser que esté alucinando, decía, sería lo último que me faltaba. Quiso levantar el intercomunicador y llamar a la recepción y preguntar si en el hotel habría algún hilo musical que estuviera tocando marchas militares. Estaba a punto de hacerlo cuando recordó que su conocimiento del Inglés se había esfumado de su cabeza. Se sentó frustrado. Le estaban ocurriendo demasiado cosas extrañas, fuera de toda lógica y normalidad. La musiquilla volvió a atraer su atención y reapareció en él su contento. Algo le decía aquella marcha, algo le anunciaba ¿de bueno? ¿de esperanzador? ¿de promesa segura? Un optimismo infinito lo iluminó por dentro. ¿Se sanaría del cáncer? Ya estaba en New York. Ahora ya no quería morir en New York. Al contrario, quería vivir en New York y ojalá eternamente. ¿Eso es lo que me anuncia esa banda de bienvenida? ¡Bendito sea Dios! Pero un estridente y amenazador sonido como un graznido lo sacó con violencia de su estado de beatitud. Miró instantáneo hacia el lugar de donde procedía el ruido agresor. Sintió que se le paralizaba el corazón y un sentimiento de horror le oscureció el alma. Allá sobre el tope de una elegante lámpara de pie, bronce y plata, barrocos relieves con figuras pastoriles, estaba posado un enorme pájaro negro, de aquellos mismos que habían agredido su vuelo hacia New York. Cuando Fernandísimo lo miró, el pajarraco abrió las alas y separó sus plumas en signo de ataque. Volvió a emitir otro sonido aterrador. Pero esta vez, Fernandísimo entendió aquel mensaje vocal. El pájaro pareció gritar en un chillido salvaje "go home, go home". Recién se estaba dando cuenta que parecía haber recuperado su conocimiento del Inglés, cuando el pájaro emprende un vuelo alrededor de la suite pasando a llevar con sus alas cortinas, lámparas, vasos, cristales, adornos de porcelana, cuadros adosados a los muros, botándolo todo, rompiéndolo todo y en medio de ese infierno y confusión, surgió de la boca de Fernandísimo el grito de terror más escalofriante jamás escuchado cuando vio que aquel monstruo con alas y pico poderosos enfilaba un vuelo en picada directo hacia él.

&&&&&&&&&&&&&&&

CAPÍTULO 41

_ Las Cuevas de Altamira y Lascaeux.

_ ¿Qué?

_ Allí está el secreto. Primero dibujaban lo que querían que sucediera y gracias a esto después sucedía.

_ ¿Tiene eso algo que ver con matar a Fernandísimo y a Mr. Bob? O ¿estás afiebrado?

_ Baja la voz, te pueden escuchar.

_ Estoy hablando en Español ¡qué van a entender!

_ Aquí hay mucha gente que habla Español.

_ Y ¿entonces? …

_ ¿Qué?

_ Algo de unas cuevas….

_ Ah, sí.

Yo estoy inclinado sobre un libro de Historia del Arte en uno de los majestuosos salones de The Public Librery of New York en la Fifth Avenue con la Fourty- second Street.

_ Por lo que leo en estos libros, lo que he ido haciendo ha estado perfecto.

_ ¿Quieres hacerte el misterioso conmigo?

La miro fijo a los ojos y la recrimino por su constante ironía. Mi cansancio llega a su límite y decido en este momento que no pasarán muchos días más sin que ella pase a la condición de muertita. Me estoy armando de paciencia así que le voy a contestar con la fingida calma que corresponde.

_ En estos libros se habla de las primeras pinturas rupestres de la pre-historia. Se han encontrado en las cuevas de Altamira en

España en la región Cantábrica y en la cueva de Lascaoux en Francia. Son principalmente figuras de escenas de caza de un colorido y un realismo sorprendentes. Mira las láminas.

Ella se inclina a mirarlas, se pone los anteojos, pero no dice ni "¡oh!".

_ Se sostiene que antes de salir a cazar, aquellos hombres pre-históricos dibujaban primero el acto de cazar con el animal ya víctima de su lanza. De esa manera se aseguraban que la caza iba a ser propicia. Al dibujar lo que pensaban hacer, se decretaba el futuro. Era una magia propiciatoria.

_ Pero yo creo que eso es puro chamullo. Los que descubrieron las cuevas ¡cómo iban a saber por qué esos tipos pre-históricos dibujaron todos esos monos! Jajjajaja…A lo mejor ni los dibujaron en la pre-historia.

_ En este mundo hay que creer en algo. Si no cómo me dejo afeitar por el barbero que pone su navaja en mi garganta. Necesito creer que no se le va a ocurrir cortarme la yugular … Antonieta, ¡no puedes ser tan simple!

_ Bueno, está bien. Y ¿qué? ¿Dibujaste a ese perro Bop y a Felipísimo con el tripaje afuera?

_ ¡Qué horror! ¡Nunca tan burdo! Ven, volvamos a New Jersey al hotelucho. Te mostraré mi genialidad.

Nos levantamos. Entrego el libro. Bajamos corriendo las escalinatas, vamos llegando a la 42 Street, doblamos por ahí hacia la izquierda y vamos yendo con paso rápido hacia Port Authority a tomar el 159 que nos deja en Union City. Aquí en la Avenida Las Américas nos detiene el semáforo. Está circulando demasiado tráfico. Al fin ya estamos cruzando. Apurémonos. Me urge mostrarte mi magia propiciatoria. Mira hacia allá. Ya estamos frente a Times Square. Fíjate, están exhibiendo un montón de musicales. Cuando consumemos lo planeado, celebraremos viviendo a ver "Un americano en París". Después viajaremos a París y de París a Londres y de ahí hacia donde se nos antoje. Empezará para nosotros, Antonieta, la gran vida… ¡al fin la felicidad!

CAPÍTULO 42

Estamos en nuestra habitación del modesto hotel en Union City, New Jersey.

_ Lee esto.

_ Lo que he escrito. Ha sido magia propiciatoria. No sólo resulta dibujando. Yo diría que es mejor escribiendo. No se te olvide: "Y al Principio fue el verbo…" Parece que Dios, al nombrar las cosas las creaba. Dijo: "Hágase la Luz y la luz fue hecha".

_ No te conocía esa faceta.

_ Uno nunca sabe a quién realmente tiene al lado. Vamos, lee.

Antonieta se ha puesto a leer. Veo que frunce el ceño. Pone cara de asombro. Ahora me mira.

_ Pero ¿qué es esto?

_ Te dije. Magia propiciatoria.

_ ¿Cómo que magia propiciatoria? Escribiste lo que nos ocurrió en el lago, el robo de nuestras ropas, la pesadilla con los tipos de la camioneta, nuestra lucha contra ellos, la forma en que los matamos … en fin … ¿cómo que magia propiciatoria? Escribiste todo lo que nos ha pasado.

_ Lo escribí antes de que nos pasara.

_ ¿Qué?

_ Así es. Se me ocurrió un día empezar una novela sobre nosotros…

_ Pero tú ¿cuándo, por Dios, has sido escritor?

_ Nunca antes. Pero un día amanecí escritor y me dio por escribir. No siempre el que despierta es el mismo que el que se durmió la noche anterior. Tú misma ¿te imaginaste cuando adolescente que algún día ibas a despertar con mentalidad criminal?

_ Cállate ¿quieres?

_ El asunto que de pronto me di cuenta que lo que iba escribiendo al poco tiempo nos iba sucediendo en la vida real. Con la palabra nos podemos ir haciendo nuestro propio destino.

_ Y ¿Por qué cresta se te ocurrió escribir de asesinatos e imaginarnos como los verdaderos monstruos que somos ahora?

_ No lo sé. Tal vez llevo ese monstruo adentro desde que nací. No lo sé. Escribía lo que me venía a la cabeza. Y, por otro lado, lo que conscientemente deseo para nuestras vidas. Escribo…

_ Adivino, escribiste acerca de ser los herederos de Fernandísimo Plaza de Los Reyes.

_ Naturalmente.

_ Y ¿por qué mierda se te ocurrió escribir que el viejo sólo nos iba a dejar una parte de su fortuna mientras que el perro se queda con la mejor parte? ¿Eres tarado o qué?

_ No sé si lo soy. Pero sí sé que me gusta una vida con riesgos y aventuras. Esto de venir a New York a asesinar a un viejo millonario y a su igualmente millonario perro no deja de ser excitante. Prácticamente nos convierte en personajes de novela.

_ Y ¿cuál es la ventaja de ser personajes de novela?

_ Bueno, de ahí te puedes en transformar en personajes de películas.

_ Y eso ¿qué?

_ Bueno te haces más famoso. Y todo lo que hagas no te trae consecuencias en el mundo real. Morir en una novela o en una película no es lo mismo que morir en la vida real. Cada vez que alguien abre el libro vuelves a vivir hasta que te llega el momento final. Lo mismo cada vez que exhiban la película. Imagínate ¡cuántas veces el malo muere en una película y cuántas veces vuelve a vivir cada vez que la película se vuelve a exhibir!

_ ¿Estás seguro que no tienes fiebre? ¿Qué pastillas fueron las últimas que te tomaste?

_ Como sea. Lo que escribo se va cumpliendo. Estoy siendo una especie de Dios. Tengo las riendas de nuestros destinos y de cuanto fulano se me ocurra inventar en lo que escribo. ¡Magia propiciatoria!

_ Tendré que seguirte la corriente. ¡Qué más voy a hacer! Veo que estoy en tus manos. Espero que escribas que terminaré siendo la Reina del Saba y tú siendo un loco amante a mis pies.

Yo sonrío y bajo la mirada. No me atrevo a mirarla a los ojos. Le quito mi texto. No me conviene que siga leyendo.

&&&&&&&&&&&&&&&&&

CAPÍTULO 43

Movido por el grito de espanto, Tarud Arab corrió hasta la habitación de Fernandísimo Plaza de Los Reyes y entró abriendo la puerta con violencia. Lo primero que vio fue muchas plumas negras esparcidas sobre el suelo y luego vidrios, cuadros, lámparas, vasos, vasijas, alfombras picoteadas, cojines, sillones, sofás igualmente destrozados por los picotazos de un pájaro descomunal. Aquello era un desastre de destrucción y signos de violencia. Tarud Arab avanzó con cautela hacia el interior de la suite. Se daba cuenta que allí había un pájaro y que ese pájaro tenía que ser de los mismos que atacaron de alguna manera su avión. Muy lentamente movía la cabeza de un lado hacia otro y levantaba la vista al techo. No veía lo que temía encontrar. Lo que es peor tampoco veía por ningún lado al millonario. No quería pensar. Sabía que la mente fabula cosas y que muchas veces esas fábulas se tornaban reales. Intuía dentro de su simpleza, pero a la vez astucia de hombre timador que la mente fabrica infiernos y que esos infiernos se vuelven reales y tortuosos para quien los piensa. Sabía por intuición que el mundo no es ni bueno ni malo y que es nuestra mente lo que lo transforma en paraíso o infierno. Por eso se negaba a pensar que tal vez el pájaro siniestro agarró con su pico poderoso a Fernandísimo Plaza de Los Reyes y que lo raptó llevándoselo a cielos oscuros. Sintió que le importaba el millonario y se extrañó de sí mismo. Se daba cuenta en esos momentos que sentía pena, conmiseración y preocupación por aquel hombre y no por sus millones, sino porque era ni más ni menos que una persona. Dentro de su temor, confusión e inquietud, experimentó una sensación agradable con respecto a sí mismo. Después de todo no era tan hijo de puta como siempre creyó ser o se lo hicieron ver. ¿Qué milagro se estaba operando en su interior? Estaba dispuesto a dar todo lo poco que tenía con tal que al pobre viejo no le hubiese pasado nada. Y, al fin, luego de años de olvido, me nombró. Acostumbrado a los negocios, a las transacciones, al yo te doy esto si tú me das aquello, me atribuyó características humanas y exclamó: "Oh, Dios, me desprendo de todo lo que tengo, te lo ofrezco a ti, si salvas a Fernandísimo".

Un chillido aterrador lo hizo saltar. El enorme pájaro estaba sobre la barra del cortinaje. Abrió las alas y emprendió el vuelo. Pero esta vez, salió por la ventana y se perdió en el azul nocturno de la iluminada Manhattan. Tarud Arab corrió hasta la ventana y le gritó: "¿Dónde está el señor Plaza de Los Reyes, pajarraco de los infiernos?"

_ Estoy aquí – respondió Fernandísimo.

Arab se volvió y pudo ver al señor Plaza de Los Reyes salir del closet. Estaba despeinado, la ropa picoteada y algunas heridas en las manos y en los brazos que le sangraban profusamente.

_ ¡Alabado sea Dios! ¡Señor Plaza de Los Reyes …qué alivio … creí que ya no lo vería más!

_ Casi no me ve más, mi amigo. Ese pájaro casi me mata. Algo me convirtió en un guerrero y con las manos y los puños lo tuve a raya y … no sé … "alguien" parece que me metió al closet justo a tiempo.

_ Todo esto que está pasando es muy extraño.

_ ¡Qué quiere que le diga! Todo esto que está pasando me indica que no hay lugar en el mundo para vivir en paz y feliz. El planeta es inhóspito ¿no cree?

_ Tal vez. No lo he recorrido entero.

_ No hace falta. Lea la historia, vea las noticias.

_ Pero me alegra mucho que a pesar de sus heridas usted esté sano y salvo. Me ocuparé de que venga un médico.

_ Gracias, señor Arab. Es usted un caballero después de todo.

A Tarud Arab no le gustó mucho aquel "después de todo". No replicó. Lo dejó pasar. Sólo planteó una inquietud.

_ Hay algo que me preocupa. No sé si usted me lo podrá que responder.

_ Dígame. No tengo respuestas para todo, pero para unas pocas tal vez sí.

_ Cuando uno le ofrece algo a Dios a condición de que Él nos conceda un favor y Él lo concede ¿es estrictamente necesario cumplirle con lo que uno le ofreció?

&&&&&&&&&&&&&&

CAPÍTULO 44

Estamos en el modesto hotel en New Jersey. Terminé de escribir un capítulo más de la novela. Mejor dicho, de mi texto propiciatorio. Se lo muestro a Antonieta.

_ Ven, lee lo último que escribí. Esto es lo que va ocurrir y nos va a ocurrir. Las cosas ya están llegando a su fin. La novela está por terminarse y será un final feliz para nosotros. Después de eso, no más palabras. Sólo realidad neta, acción, hechos, riqueza disfrute. Pero lo que está escrito se cumple. Lee.

Antonieta me está mirando en estos instantes. Le estoy pasando el texto. Lo toma y lo hojea.

_ No lo hojees. Léelo. Es lo que ocurrirá exactamente en unas horas más. Tenlo por seguro.

Ahora lo está comenzando a leer.

_ No, por favor. En silencio, no. Léelo en alta voz. Quiero escuchar cómo suena, cómo serán los hechos…. Aquí, desde esta parte.

Antonieta ha comenzado a leer en alta voz.

_ "Ya era entrado el atardecer. Decidimos tomar el bus para Manhattan y así lo hicimos. El plan estaba trazado y al parecer la coartada era perfecta. Sabíamos con precisión donde estaba alojado Fernandísimo Plaza de Los Reyes, Hotel The Mark, Madison Avenue con las 77 Street habitación 520. Sabíamos que por circunstancias extrañas lo acompañaba ese tal Tarud Arab, un hombre con turbante y que parecía haber sido el amante de la desaparecida Madame Chantal, la pitonisa que había engañado a Fernandísimo con sus mentiras. Sabíamos también los hábitos de nuestro hombre. A qué hora solía pasear por Manhattan, a qué hora volvía al hotel, cuándo sacaba a pasear al perro. En fin, todos los detalles que nos proporcionó nuestra discreta y minuciosa labor de inteligencia. Llegamos a Port Authority tipo 8:00 p.m. Caía una ligera llovizna. Compramos unos paraguas en la esquina de la 8th Avenue con la 42 Street. Decidimos acercarnos al hotel a pie. En New York se camina bastante. Los neoyorquinos suelen caminar decenas de cuadras a veces. Nosotros también. Pero lo hacíamos por una necesidad estratégica. Era preciso encontrar al homeless preciso. No a cualquiera. Tenía que ser alguien muy deteriorado, alguien que tuviera trazas de ser homeless por efecto de la droga, por malos hábitos, por ser fugitivo de la justicia. Lo necesitábamos así para poder encargarle el asesinado de Fernandísimo. Le pasaríamos el cuchillo, le daríamos las instrucciones, las señas de nuestra víctima, las características del perro y le ofreceríamos una suma de dinero que jamás le pagaríamos, pues no lo volveríamos a ver. Nos haríamos humo. Él mataría a nuestro benefactor, sería sorprendido por la policía y nosotros esperaríamos en Chile la buena noticia del asesinato de nuestro amigo y de ser los herederos absolutos de su fortuna. Caminamos varias cuadras. Ya la noche ennegrecía el cielo e iluminaba glamorosamente la isla del gran Manhattan. De pronto, nuestro hombre apareció. Era un muchacho joven, rubio, de típicos ojos azules y sucio. Estaba prácticamente botado en la vereda con la espalda apoyada contra la muralla de un edificio de antigua data. Lo que me interesó de sus ojos no fue el color sino lo vidrioso de la mirada y la perversidad que se expresaba en la misma. Allí en ese despojo humano había mucha droga en el cerebro y mucha maldad en su corazón. Era el sujeto preciso, no me cabía la menor duda. Le hablé. Al principio parecía no escucharme o no entenderme. O mi inglés era muy malo o a él se le había olvidado su inglés o simplemente estaba en ese momento muy volado. Al fin logramos conectarnos. Le dije:

_ Si es capaz de asesinar a un sujeto con este cuchillo y a su perro, se puede hacer rico en menos de una hora.

Le pase un fajo de billetes. Eran mil dólares. Los agarró de un zarpazo.

_ Este es sólo un adelanto. Una vez cumplida su misión, tres millones de dólares serán para usted.

Trató de fijar su mirada en mí. Permaneció en silencio un rato largo. Luego dijo con un acento y un farfulleo que me costó entender.

_ Trato hecho. ¿Cómo lo tengo que hacer?

_ Dentro de media hora aproximadamente saldrá del Hotel allá enfrente el hombre señalado y lo hará con su perro. Usted proceda cómo le acomode mejor. Nosotros estaremos observando desde aquí ocultos tras este contenedor. Lo importante es que el animal y el hombre queden lo más muertos posible. Nada de resurrecciones.

Luego le di los detalles. El interés por el dinero hizo al parecer que el pobre tipo se despabilara porque noté que iba repitiendo con exactitud cada información que yo le iba dando como para no olvidarse y poder hacer bien su trabajo. Cuando terminé de instruirlo todos esperamos. Casi a la hora exacta, vimos que Fernandísimo salía del hotel llevando consigo a Míster Bop. Todo era propicio. Media cuadra más abajo, la calle se veía oscurecida. Algo había pasado pues la luminaria pública estaba apagada.

_ Es su momento – le dije al homeless.

El tipo se aseguró sus mil dólares en el bolsillo de su raído blue jean, empuñó el cuchillo y corrió cruzando la calle. Sorprendió a Fernandísimo con su mascota en la parte más oscura. Como una bestia que arremete con toda la fuerza de su instinto asesino, enterró el cuchillo debajo de la nuca de nuestro benefactor. No alcanzó ni a quejarse. Saltó un poderoso chorro de sangre que golpeó al homeless en pleno rostro y calló al suelo sin mayor espectacularidad. Sólo en las películas la muerte es un proceso coreográfico y un espectáculo atractivo y entretenido. En la vida real es simple, instantánea, sin estridencias ni estéticas. Es incluso menos espectacular que el nacimiento. Míster Bob alcanzó a ladrar en alerta, enfurecido. Pero el vago le abrió el vientre y el animal, al igual que su amo, quedó tendido en la vereda en un enorme charco común. Amo y mascota unían su sangre en su último segundo en esta tierra. El vago de inmediato se dispuso a volver a donde estábamos ocultos con Antonieta.

_ Rápido, dulzura. Huyamos. Misión cumplida.

Y de un salto las emprendimos lejos del homeless que nos llamaba como loco furioso, pero que debido a su debilidad e inestabilidad no fue capaz de seguirnos. Una nueva vida llena de luz y esplendor, consumada de riqueza y placeres se nos abría hacia un futuro que unos años antes jamás habríamos soñado".

Antonieta acaba su lectura. Me dice:

_ Horroroso, pero maravilloso.

_ Es lo que va ocurrir hoy tal cual lo he escrito. Pongámonos en camino.

&&&&&&&&&&&&&

✳✳✳CAPÍTULO 45✳✳✳

Mr. Bob parece ansioso. Sabe que es la hora de salir a pasear con su amo y ve que no hay atisbos de ponerse en camino. Ya es de noche, la suite está a media luz y ha entrado Tarud Arab. Ha comenzado a conversar con su amo. Entonces, míster Bob simplemente bosteza.

_ Lo veo preocupado, Arab. ¿Pasa algo? Si es por mí, se lo agradezco. Ya estoy recuperado de mis heridas.

_ Es por mí, señor Plaza de Los Reyes.

_ ¿Se puede saber qué le ha sucedido?

_ Por supuesto. A eso he venido. A contárselo.

_ Lo escucho con las orejas muy atentas y mi corazón abierto.

_ Usted es un gran tipo, señor Plaza de Los Reyes.

_ Gracias. ¿Entonces?

_ Estoy metido en un gran lío. Y por otro lado me encuentro ahora tan pobre como para dormir bajo los puentes del Mapocho si es que puedo volver Chile.

_ Vaya. Entre en detalles, por favor.

Tarud Arab hizo un gesto como para pedir permiso para sentarse. Fernandísimo le respondió también con un gesto de asentimiento.

_ Son los simpáticos jóvenes árabes que me enseñaron a ser piloto y me recomendaron después para que una empresa de aviación me contratara. La misma empresa cuyos servicios usted contrató.

_ Me lo suponía. Y ¿qué pasa con aquellos "simpáticos jóvenes árabes"?

_ Me telefonearon y me pusieron la ametralladora al pecho.

_ Esto se pone serio.

_ Me dijeron que son ellos los dueños de la empresa y que las oficinas y empleados son una fachada.

Arab se interrumpió. Se quedó en silencio absorto en sus temores.

_ ¿Y?

_ Me han amenazado de muerte. Me ordenan pilotear el avión y que lo estrelle contra algún edificio.

_ ¡Cielos! ¿Contra cuál?

_ Parece que no lo tienen claro aún. Puede ser uno aquí en los Estados Unidos o en otro país. Me hablaron de Francia, Bélgica o el Reino Unido. Me lo comunicarán a su debido tiempo.

_ ¡Qué organización más singular!

_ Me advirtieron que me tienen vigilado. Que varios siguiendo mis pasos y que si hablo de esto con alguien soy hombre muerto. Lo mismo si no cumplo la orden de estrellar el avión. Me recalcaron: "Usted es igual hombre muerto. Si estrella el avión muere en él. Si no estrella el avión o habla de esto con alguien, muere abatido por nuestras balas.

_ ¡Hombre, pero usted me lo está contando a mí! ¡Se está arriesgando ¿no?!

_ Me imagino que el perro no puede ser un espía – y le echó una mirada a Míster Bop. El perro se echó apoyando su cabeza sobre el suelo y levantó sus ojos hacia Arab brindándole una mirada de ternura perruna.

_ Y en usted confío plenamente. No sé por qué, pero en usted confío por entero – agregó.

Hubo un largo silencio. Fernandísimo Plaza de Los Reyes se había quedado pensando muy profundamente. Miraba fijo hacia el techo e incluso más allá, como viendo las estrellas a través de la techumbre. Arab agregó en un repentino arrebato.

_ ¡No quiero morir! ¡No quiero morir, señor Fernandísimo!

El millonario lo miró de frente.

_ Usted ¿Qué les contestó a esos hombres?

_ Que jamás estrellaría ese avión contra nada y que se fueran a la mierda.

Fernandísimo le sonrió con cariño y una mirada de entera complacencia.

_ Bien por usted, Arab. No morirá, se lo aseguro.

Arab se puso de rodillas y le besó las manos profusamente.

_ Mi gran, señor. Yo sabía que usted me salvaría. Adivino su generosidad. Se lo agradezco… se lo agradezco. Con dinero aplacará a esos criminales … gracias, mil veces gracias …juro devolver ese dinero que le costará mi rescate, peso por peso …. Yo sabía, el dinero todo lo compra.

Fernandísimo lo invitó a levantarse.

_ Mire, Arab, en dinero en el fondo no compra a nadie ni a nadie. Usted compra personas o bienes y queda más desposeído que antes.

_ No lo entiendo, señor.

_ Ya me entenderá a su debido tiempo.

_ Sí, sí… espero que sí.

_ A propósito ¿le sirvió el amplio poder que le conferí?

_ Sí, como no.

_ Pudo entonces sacar todos, absoluto todos mis haberes del banco.

_ Pagando los impuestos, tasas de interés y demases, saqué todo su dinero. Tuve que arrendar una empresa de seguridad con un carro blindado para traer tantas bolsas cargadas de billetes al hotel. Están todas en mi habitación mejor escondidas que en la Cueva de Alí Babá y los cuarenta ladrones.

_ Perfecto. Gracias Tarud. Es usted muy eficiente y un buen hombre según acabo de comprobar.

_ He sido mi vida entera un mentiroso y timador.

_ Todos somos mentirosos y timadores más de alguna vez. ¡Qué quiere! ¿Cree usted que un elefante pueda tener un cerebro distinto que no sea de elefante?

_ Pienso que no.

_ Bueno, los hombres no podemos tener ningún otro tipo de cerebro que no sea un cerebro humano. ¿Me entiende?

_ No.

_ No importa. Mire hacia afuera. Parece que se quemaron unas luminarias.

_ Sí, así es.

_ Arab, por favor acompáñeme. Saquemos a pasear a Míster Bop. Ya está impaciente.

Y tras un ladrido de contento con que dio su aprobación míster Bop, los tres salieron a la noche de Manhattan.

&&&&&&&&&&&&&

CAPÍTULO 46*

Vamos con Antonieta en camino hacia nuestro objetivo. Nos hemos detenido en la esquina a esperar el bus que tarda por lo que veo demasiado en pasar.

_ Este bus se demora demasiado – me está diciendo Antonieta – No alcanzaremos a coincidir con Fernandísimo en su hora de sacar a pasear al perro.

Le contesto inquieto:

_ Es cierto. Nunca suele suceder con estos buses. Tampoco pasan los buses más pequeños de las empresas particulares.

_ Veo que las cosas no están empezando a suceder como tú las escribiste.

Estoy tragando saliva. Le respondo:

_ Tranquila. La magia propiciatoria no falla nunca. Estos son solo detalles. Los detalles pueden variar. Lo fundamental siempre se da.

Antonieta se ha cruzado de brazos. Advierto que me está mirando ¿de un modo burlón? Lo voy a pasar por alto.

_ ¿Qué hacemos? – me está preguntando.

Le respondo que mejor nos tomamos un taxi.

_ Pero eso es muy caro.

_ No importa con tal que lleguemos a tiempo. ¿Qué es una tarifa de taxi de New Jersey a New York comparado con los miles de millones que vamos a heredar?

Ahí viene un taxi. Lo estoy haciendo parar y nos estamos subiendo a él. Cierro la puerta. Doy las señas al chófer y el auto arranca.

_ Esto tiene muy poco que ver con lo que escribiste.

_ Te insisto. Los detalles pueden variar. Lo fundamental no cambiará.

Avanzamos. Ya estamos atravesando el río Hudson por debajo a través del puente Lincoln. Hay poco tráfico. En pocos minutos ya estamos en Port Authority. En consideración a la hora, le estoy pidiendo al chofer que no nos deje allí sino cerca del Hotel The Mark.

_ Otro detalle más fallido – exclama Antonieta - ¿dónde está tu magia propiciatoria? ¡Se suponía que nos bajábamos en Port Authority y que allí comprábamos un paraguas pues empezaba a caer llovizna y resulta que ahora llegaremos en taxi al lugar del encuentro, hace un sol espléndido y no compramos ni un carajo de paraguas!

_ Te vuelvo a insistir. Los detalles varían, pero…

_ Ya lo sé, lo fundamental se mantiene.

_ No te burles, Antonieta.

El chofer nos mira por el espejo y nos habla.

_ Disculpen que sea entrometido. Sin querer los he venido escuchando. Algo se de magia propiciatoria. Pertenezco a un círculo de estudios esotéricos.

_ ¡Qué bien! - le estoy comentando ahora.

_ Y como les decía, yo suelo escribir cuentos. Escribí uno en que un tipo real, muy desagradable para mí y que me había ocasionado serios problemas en mi vida, toma un avión y el avión se cae. Se salvan todos y él es único que muere. Pues resultó que, en la realidad, el tipo se embarcó en el avión y las cosas que escribí se cumplieron en lo fundamental. El avión se cayó y murieron todos, la tripulación y todos los pasajeros. El único que se salvó fue él. Pero usted ve, son detalles. El avión se cayó y creo que a él le ha ido muy mal en la vida. Me conformo con eso. Ya estamos. Son ciento cincuenta dólares la carrera.

Nos estamos bajando del taxi. Le pago malhumorado la tarifa. Demasiado cara. El chofer escritor se va con su taxi. Estoy dispuesto a quejarme, pero ahora se me alegra el rostro. Allá enfrente está el homeless tal como lo describí.

_ ¡Qué te dije, Antonieta!

_ Ohm, veo que tu magia propiciatoria empieza a funcionar.

Vamos corriendo en dirección al tipo. Le estoy hablando…

_ … son mil dólares para usted….

El tipo me los arranca de la mano de un zarpazo.

_ Justo como está escrito – me está soplando al oído Antonieta entusiasmada, contenta, esperanzada.

Le estoy explicando al tipo lo que tiene que hacer. En estos momentos él me expresa su disposición tal como yo lo había escrito en la novela. Y tal como lo había escrito le paso el cuchillo. Miramos y vemos salir del hotel al trío.

_ Pero ese tipo del turbante no figura en tu novela en estos momentos. Se supone que Fernandísimo va solo con el perro.

_ Bueno, Antonieta. Detalles. Deja que ocurra lo fundamental.

Antonieta abre los ojos aún más desconcertada.

_ Mira lo que acaba de suceder. Acaban de encenderse las luminarias. Alguien las debe haber arreglado. En la novela la calle está oscura. Las cosas están empezando a fallar, Ricardo.

_ No, ahora es que comienza lo fundamental. Confía.

Miro al homeless y le hago una seña para que se ponga en acción.

_ Ya, budy, haga lo suyo. Si tiene que matar a tres seres vivientes hágalo. La paga se triplica.

El homeless me hace caso de inmediato. Se levanta de un salto y como toro enfurecido va atravesando la calle en dirección a ellos. Fernandísimo, el del turbante y el perro parece que no se están percatando de nada.

_ Observemos, Antonieta. Mira como corre. En un segundo los alcanzará.

_ Oh, sí ¡qué emoción!

_ Verás cómo los acuchillará a todos. Que no te impresione la sangre que irás a ver. Es parte de este negocio.

Sentimos un ladrido, luego varios, repetidos, agresivos, defensivos.

_ Eso no estaba escrito, Ricardo.

Tampoco escribí lo que ahora estoy viendo. El homeless trata de calmar al perro. Fernandísimo lo logra calmar.

_ Ricardo, por Dios, ese vago le está dando las gracias a Fernandísimo. Se sonríen.

No puedo creer lo que estoy viendo en estos momentos. El homeless saca algo de su bolsillo y le muestra no sé … parece una credencial de algo…

_ Ricardo, no me digas que es policía. ¡Maldita sea tu magia propiciatoria, imbécil!

Veo que hablan. El del turbante pone cara de asombro. El homeless nos señala con el dedo. Algo, sin duda está fallando. No me están haciendo caso esas malditas criaturas.

_ Ricardo, corramos. Vienen para acá.

El perro ladrando como bestia enfurecida corre hacia nosotros y detrás le siguen veloces el homeless, el del turbante y Fernandísimo. Nunca creí que el viejo pudiera correr a esa velocidad. Nunca lo imaginé ni concebí de esa manera. Vamos pies en polvorosa seguidos de demasiado cerca. Escucha la voz del homeless que nos grita autoritario y en un inglés claro y culto: "Deténganse, señores. Esta es la policía." Y un disparo al aire nos hace correr en estos momentos aún más rápido.

&&&&&&&&&&&&&

CAPÍTULO 47

Las cosas tienen que llegar a su fin las más de las veces no como las planean los hombres sino cómo realmente tiene que llegar a su fin. Si bien el mundo es una gran mentira no todo ha de ser mentira en el mundo.

Se fueron sucediendo los hechos en enlaces inesperados. El asunto es que en la suite del hotel The Mark donde Fernandísimo se hospedaba, estaban reunidos míster Bob, su amo, Tarud Arab, el homeless que resultó llamarse Fred, trabajar como policía encubierto y que ahora vestía uniforme y, esposados cada uno atado al otro, Antonieta y Ricardo.

_ ¡Quién lo iba a decir! Mis herederos potencialmente asesinos de su propio benefactor.

_ Nosotros la verdad es que….

_ Mejor que no diga nada, Antonieta. Toda explicación empeorará la falta.

_ Sí, claro … disculpe usted.

_ ¡Quién lo iba decir! El país que más he amado en el mundo me recibe con pajarracos siniestros, se oculta de mí con neblinas siniestras, me tuerce los oídos con un Inglés que no lograba entender, me niegan papeles para residir, etc. etc.

Fred, el policía, trata de ser amable.

_ Mi país es respetuoso de la libertad y los derechos de las personas. Pero también es respetuoso de las propias reglas que se impone. Con calma y paciencia, encontrando los pasos adecuados, estoy seguro que los Estados Unidos de Norteamérica llegará a ser su propia casa.

Fernadísimo les sonrió a todos con expresión de sabiduría.

_ Para decirles la verdad, el planeta entero debería ser la casa de todos y cada uno. Pero no lo es.

_ ¿Por qué dice eso? – aventuró a preguntar Tarud Arab.

_ Porque como le dije antes, Arab, los elefantes sólo pueden tener cerebro de elefantes y los humanos solo pueden tener cerebro de seres humanos.

_ Todavía me pregunto qué significa eso.

_ Mire, no se maree y crea en espejismos al ver la ciencia y la tecnología, las artes y la filosofía que crea el hombre. No piense que eso es progreso. El hombre no ha avanzado un paso desde su condición de hombre primitivo. Las guerras nunca han podido terminarse. Más aún los ejércitos son cada vez más eficientes para matar a menos costo y en menos tiempo más cantidad de personas. Los hombres sólo saben joderse los unos a los otros. Jamás amarse los unos a los otros. Nuestros cerebros no están hechos para eso. Tendríamos que nacer de nuevo. Y en esto no se salva nadie. Somos todos igualmente violentos y enemigos de nuestros semejantes. Sólo que algunos lo son de una forma y otros, de otra.

Todos se miraron entre sí. Hubo murmullos, comentarios y luego un nuevo silencio esperando que Fernandísimo continuara con la palabra.

_ Antes que nada, quiero agradecerle al señor policía que haya accedido a traer a sus detenidos conmigo. Yo les prometí hacerlos mis herederos y, a pesar de todo, no los voy a defraudar.

Antonieta y Ricardo se miraron y un brillo de esperanza esfumó la expresión de abatimiento que tenían en sus ojos.

_ Arab ¿está todo en el vehículo?

_ Así es, señor Plaza de Los Reyes. Todo tal como usted lo ha dispuesto.

_ Pues bien. Partamos todos hacia el puente Brooklyn. Es un buen lugar y la noche está estrellada como para celebrar la vida. Señor Oficial, si usted les quita las esposas a mis herederos ellos estarán más cómodos y más felices. No quiero a nadie con pena y esclavitud a mi alrededor.

Fred entendió como buen hombre formado en la lucha por el respeto, el orden y la honestidad. Quitó las esposas a los jóvenes esposos. Ricardo y Antonieta agradecieron al policía, a su gran benefactor e incluso al perro que cuando se sintió mirado por ellos les volvió la cabeza en signo de pocos amigos. Antonieta se aventuró aún más y fue a darle un beso en la mejilla a Fernandísimo. Este pensó, pero no lo dijo: "Sin duda es el beso de Judas".

_ Vayamos amigos – invitó Plaza de Los Reyes.

Todos salieron tras él. El auto se las enfiló hacia el Puente Brooklyn. Era la noche de Manhattan y desde la hermosa obra de ingeniería sobre el río se divisaba iluminada y señera la colosal Estatua de la Libertad. Era como una inigualable líder llevando no sólo a los Estados Unidos sino al mundo entero hacía horizontes más elevados.

El auto se detuvo en la mitad del puente. Era ya entrada la noche y no corría tránsito. Fernandísimo baja del auto. Los demás lo imitan. Nadie sabe de qué se trata lo que va a ocurrir. El millonario levanta ambos brazos hacia lo alto.

_ Este, amigos, es el ritual de morir en New York. A eso he venido. Después de mi muerte renaceré. Por eso estoy en este puente icónico, histórico, de hermosura indiscutible. Todo puente une dos puntos y atraviesa aguas profundas e inciertas. Saltaré hacia la muerte y hacia el renacer.

Todos empezaron a inquietarse. Fred, el policía, le advirtió muy diplomáticamente que él no le permitiría suicidarse. Él era el representante de la ley y la ley penaba ese acto. Fernandísimo le respondió lo que le soplé al oído desde dentro:

_ Oficial, no es un suicidio. Es sólo despegar mis pies de este planeta. Y no sólo mis pies, si no también mi mente y mi corazón.

_ No haga nada contra usted, Fernandísimo – rogó Antonieta.

_ Tranquila, jamás haría nada contra mí mismo. Y descuide. Usted ni su marido serán desheredados. De ustedes dependerá ser pobres o ser ricos.

Fernandísimo miró hacia la Estatua de La Libertad. Irradiaba de luz y mágicas premoniciones.

_ Dama de la esperanza, dama altísima de la dignidad y el respeto que Dios nos enseña para los unos con los otros, faro que sobre las aguas movedizas de la existencia iluminas el camino hacia una patria verdadera, yo te respeto, yo te oigo, yo te sigo.

Enseguida dio una orden a Arab.

_ Tarud, ayúdeme.

Y entonces vino su gran acto de libertad. Abrieron la maleta enorme del automóvil y entre ambos empezaron a arrojar como niños colmados de entusiasmo una a una las bolsas repletas de cientos y millones de dólares. Míster Bop celebraba el ritual ladrando de contento, haciendo cabriolas, parándose en sus dos patas traseras. Ricardo y Antonia lanzaron al unísono y en coro dos gritos de espanto de desesperación, de rabia, de rebeldía, de violencia incontenida. Fred, el policía se rascaba la cabeza y no entendía nada. Las bolsas caían con estruendo sobre las aguas de Hudson. El Hudson se agitaba en ondulaciones y pequeñas olas sorprendidas e imprevistas. Algunas bolsas se iban rápido y directo al fondo. Otras se quedaban flotando como no queriendo perder el poder de manipular a los hombres. Cuando el último bolso cayó a las aguas, lejos se sintió el pito de una sirena marina. ¿Fue un sonido de celebración? ¿Fue uno de tristeza y lamento? Fue entonces que Antonieta y Ricardo decidieron en ese instante sus vidas. De improviso se encaramaron a la baranda del puente y saltaron a las aguas del Hudson. Cayeron pesadamente y sus cuerpos se sumergieron. Pasaron varios segundos interminables y luego reaparecieron sobre la superficie luchando por mantenerse a flote y por aferrarse a los bolsos colmados de dólares. Entonces, Fernandísimo les gritó:

_ Es una lástima, niños. Decidieron ser pobres y perder sus vidas.

Luego entusiasmado, es decir conmigo dentro de su corazón, comenzó a cantar y danzar una tonada alegre, saltarina, llena de ritmos vitales y melodías de mundos hermosos.

_ Vamos, Arab. Baila tú también y tira tu cáscara a los cerdos.

Y ambos hombres mientras bailaban y cantaban se fueron sacando sus ropas, el turbante al aire a donde cayera, los zapatos al agua sobre las cabezas de Antonieta y Ricardo, las camisas, los calzoncillos, las camisetas, los calcetines, relojes, anillos collares, colleras y cuanta cosa fuera postiza y antojadiza. Todo al aire y al agua.

Fred el policía, no pudo dejar de ser policía a pesar de que disfrutaba la escena.

_ Señores, es contrario a la moral y a las buenas costumbres desnudarse en la vía pública.

Y Fernandísimo, alegre como nunca le responde:

_ ¿Qué tonto pretencioso y soberbio dijo eso? Dios nos mandó por estos lados tan en pelotas como estamos ahora. ¿Usted trabaja para Dios o para el gobierno?

Fred titubeó. Nunca lo había pensado de esa manera.

_ Pero, señores, yo tendré que….

El policía no alcanzó a terminar lo que iba a decir. Fernandísimo, Mr. Bop y Tarud Arab, desnudos como bebés recién nacidos, comenzaron a correr por el puente como ráfaga de viento. El perro ladraba exultante y ambos hombres cantaban como niños en una ronda alocada y libre como los pájaros del paraíso. El policía los vio alejarse sin dejar de rascarse la cabeza. Pero lo que Fred no vio fue que de pronto el trío dio una zancada mágica y sus cuerpos se empezaron a elevar hacia los cielos y sobre las luces alucinantes del Manhattan nocturno. Desde arriba admiraron esa belleza tan bien lograda, tan cuidada y hermosamente producida, pero sintieron desde la liviandad de su nuevo estado que aquello era belleza a cambio de algo, que la ciudad iba hundiendo la isla con la tremenda carga de tanto vano afán, con el ajetreo sin sentido, con tanto interés creado, con esa carga penosa de dramas colectivos e individuales, con la farándula del show bussines por unos muchos dólares más, con bancos y sus intereses leoninos, con las transacciones de Wall Street, con la carga ignominiosa de las discriminaciones y de las rencillas o los grandes conflictos inventados, fabricados por aquellos que creen que el hombre tiene que ser esclavo del hombre. No son los americanos los que han hecho que Manhattan sea una carga que hunde el prístino islote en que está emplazado, sino simplemente los hombres. Y como iban muy alto, muy alto, vieron las luces de muchas ciudades del mundo y que esa carga era la misma en todas partes y que en todas partes ese peso innecesario iba hundiendo los soportes de la Tierra. Vieron también a Antonieta y a Ricardo nadar desesperados tratando de rescatar solamente para sí los pesadísimos bolsos del tesoro. Los dejaremos allí quien sabe por cuánto tiempo. Seamos justos, respetemos su libertad de decidir.

Y cuando pasaron sobre la Estatua de La Libertad, Fernandísimo les comenta a sus compañeros de vuelo: "Esa gran dama de allá con la antorcha en alto, no sólo nos dice que los hombres tienen el derecho de ser felices y libres de los afanes tiránicos de otros hombres sino por sobre todo de la tiranía que nosotros ejercemos sobre nosotros mismos. Nos está diciendo que nos liberemos de las enseñanzas del mundo y abramos nuestras mentes y nuestros corazones al respeto y al amor. La libertad está en renunciar al terrible ser humano que nos mantiene atados a nuestros míseros afanes y egoísmos."

_ Hermosas palabras – comentó liviano y feliz Tarud Arab mientras volaba hacia las alturas.

_ Las más sabias que jamás he escuchado - ladró feliz Mr. Bob.

Y así fue que se elevaron más y más, más allá de las estrellas, más acá, bastante más acá. Lo último que vieron de la Tierra allá muy abajo fue el resplandor de la antorcha como un símbolo de esperanza para indicar a la humanidad que hay un futuro en que algún día ni los elefantes tendrán cerebro de elefantes ni los seres humanos tendrán cerebros de hombres.

Se cuenta que algunos marinos que surcan la bahía de New York en plena noche a la hora en que esos tres seres sabios habrían pasado cerca de la Estatua de La Libertad sólo habrían visto, por primera vez en sus vidas, que la Gran Dama de La Antorcha a la entrada de New York, habría sonreído como una diosa complacida. Se los digo YO así que es verdad.

FIN

New Jersey, Union City Julio, 18, 2016. (1:25 p.m.)